KB252559

어느 하루
구름극장에서

이 도서의 국립중앙도서관 출판사도서목록(CIP)은 e-CIP홈페이지(http://www.nl.go.kr/ecip)에서 이용하실 수 있습니다.

어느 하루 구름극장에서

2013년 6월 5일 초판 1쇄 펴냄
2014년 12월 1일 초판 2쇄 펴냄

엮은이 | 김선우
그린이 | 조광희 김경남 이창원
펴낸이 | 김준연
펴낸곳 | 도서출판 단비
편　집 | 최유정
등　록 | 2003년 3월 24일 제2012-000149호
주　소 | 경기도 고양시 일산서구 일중로 30 505동 404호(일산동, 산들마을)
전　화 | 02-322-0268
팩　스 | 02-322-0271
전자우편 | rainwelcome@hanmail.net

ISBN 979-11-85099-10-1   03810
값 12,000원

*이 책의 내용 일부를 재사용하려면 저작권자와 도서출판 단비의 동의가 반드시 필요합니다.
*책값은 뒤표지에 있습니다.

*이 책에 실린 시들은 한국문예학술저작권협회와 한국시인협회, 작가회의, 출판사 등에 문의해 사용 허락을 받았습니다. 허락 받지 못한 시들은 연락이 닿는 대로 저작권협회에서 정한 소정의 저작권 료를 지급해 드리겠습니다.

문학집배원 김선우의 시배달

어느 하루 구름극장에서

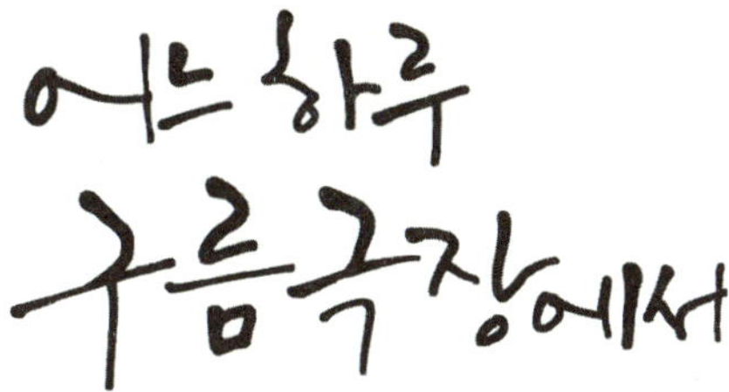

김선우 엮음 | 조광희·김경남·이창원 그림

단비 danbi

독자들에게 소개할 좋은 시를 고를 때가 참 기쁩니다. 시를 쓸 때와는 또 다른 즐거움이지요. 어려운 일들이 많은 시절입니다. 매일 배달하는 시 한 편이 우리 삶에 소소한 희망과 위로가 되었으면 좋겠습니다. 시는 거창한 일은 못 합니다. 하지만 일상의 자그마한 기적들의 소중함을 어떤 예술보다 민감하게 발견하지요. 시인은 존재의 미미한 기적에 예민한 사람들이고 시 독자도 그러합니다.

한국은 좋은 시인들이 정말 많은 나라이고, 시를 좋아하고 즐기는 독자들도 많습니다. 세계 어느 나라와도 다른 독특한 시 전통을 가지고 있는 나라지요. 한국어로 시를 쓸 수 있는 시인이어서 늘 고맙고 시를 사랑하는 독자들이 있어서 행복합니다. 시를 즐기는 감성을 지니고 있는 한 우리는 청춘입니다. 시는 영혼의 젊음을 유지하는 데 더없이 중요한 유기농 비타민이니까요.

시를 읽는 일은 우리 마음의 소통 가능성을 믿는 일이기도 합니다. 시의 향유와 소통은 궁극적으로 낙관의 에너지를 창조합니다. 시를 쓰고 읽는 일은 가장 적극적인 의미에서의 쌍방향 창조이며 놀이이지요. 여전히 시가 쓰이고 읽히는 사회란 '진심'의 소통 가능성을 믿고 있는 개인들이 많다는 의미이고요. 깨어있는 개인들이 많을 때 사회는 딱딱해지지 않습니다.

매주마다 시를 배달하면서 특별히 중고등학생들과의 소통에 마음을 기울였습니다. 해님, 달님, 나무, 바람, 꽃들과 이야기 나누던 어린 나를 기억하나요? 우리는 모두 한때 시인이었지요. 학교에 들어가 시험공부에 치이면서 우리들 속의 시인을 잃어버리며 어른이 되어갑니다. 안타까운 일이지요. 본래 지니고 있던 시적 감수성과 상상력을 잃어버리지 않고 아름다운 어른이 되는 방법은 없을까요. 학생과 선생님이 시를 통해 소통하며 서로의 마음속에서 시인을 다시 발견하는 행복한 시간을 꿈꾸어봅니다.

시를 읽는 일은 '공부'라기 보다는 '놀이'입니다. 온몸과 마음의 감각을 자유롭게 풀어놓고, 배달된 시 한 편과 맘껏 놀아주세요. 시가 배달되는 우체통을 가진 우리 스스로를 축하합니다.

2013년 봄에
김선우

1_어느 하루 구름극장에서

깊이에 대하여 이하석 · 10

어느 목수의 집 짓는 이야기 황학주 · 13

고시원에서 차창룡 · 17

서머타임 김이듬 · 21

구름극장에서 만나요 김근 · 25

오래된 여행가방 김수영 · 29

재킷을 입은 시인 이재훈 · 33

소금창고 박성우 · 38

심봤다 이홍섭 · 44

저무는 사람 이영주 · 47

빛 신해욱 · 51

ㄹ 성기완 · 55

토르소 이장욱 · 60

거짓말을 타전하다 안현미 · 64

전도섭 엄원태 · 68

2_뭇별들 사이에 누워 당신을 지켜볼게

내게 새를 가르쳐 주시겠어요? 최승자 · 74

사랑법 강은교 · 78

사철나무 그늘 아래 쉴 때는 장정일 · 82

피해라는 이름의 해피 김민정 · 86

물푸레 나무 김태정 · 90

가을밤 조용미 · 96

너무 아름다운 병 함성호 · 99

그녀의 입술은 따스하고 당신의 것은 차거든 최정례 · 103

나와 나타샤와 흰 당나귀 백석 · 108

선운사에서 최영미 · 113

가는 길 김소월 · 117

알 수 없어요 한용운 · 120

3_풋물 같은 것에라도 젖어있으라

꼬막 박노해 · 126

민지의 꽃 정희성 · 131

교외郊外 박성룡 · 134

닭의 하안거夏安居 고진하 · 139

추석 무렵 김남주 · 144

새벽편지 곽재구 · 147

벼 이성부 · 151

새 천상병 · 156

월훈 박용래 · 161

겨울숲을 바라보며 오규원 · 165

서정의 장소 장이지 · 169

4_밥 한 그릇 끓이는 촛불에 대하여

히브리전서傳書 고정희 · 176

아파트인 신용목 · 181

양 오장환 · 185

누군가 나에게 물었다 김종삼 · 190

어느날 고궁을 나오면서 김수영 · 194

어머니가 촛불로 밥을 지으신다 정재학 · 199

소녀의 꽃무늬 혁명 이기인 · 202

검은 TV와 신문의 날들 조동범 · 208

무허가 송경동 · 213

눈물 머금은 신이 우리를 바라보신다 이진명 · 217

쉽게 씌어진 시 윤동주 · 221

이 사진 앞에서 이승하 · 226

백 년 동안의 세계대전 서효인 · 230

아홉 시의 랭보 씨 이용한 · 233

껍데기는 가라 신동엽 · 237

이 책의 시인들 · 242

작품출전 · 253

① 어느 하루 구름극장에서

깊이에 대하여

이하석

자판기 커피 뽑는 것도 시비꺼리가 될 수 있는지, 종이컵 속 커피 위에 뜬 거품을 걷어내면 "왜 거품을 걷어내느냐?"고 묻는 이가 있다. 나는 "커피의 깊이를 보기 위해서"라고 대답한다. 마음 없는 말일 수 있다. 인스턴트 커피에 무슨 근사한 깊이가 있느냐고 물으면, 대단치 않는 깊이에도 빠질 수 있다고 경고해준다. 모두 얕다. 기실 따뜻하다는 이유만으로 그 대단찮은 깊이까지 사랑한다 해도, 커피는 어두워 바닥을 보여주지 않는다. 그렇다고 해서 내가 마실 어둠의 깊이를 얕볼 수 없다. 싸고 만만한 커피지만, 내 손이 받쳐 든 보이지 않는 그 깊이를 은밀하게 캐보고 싶을 때가 있다. 그 깊이를 다른 누가 들여다볼 수 있단 말인가?

누군가 "커피타임!"이라고 말해주면 기쁩니다. 그래 좀 쉬면서 하자. 인생 뭐 별거 있다고… 콩다방이랄까 별다방이랄까 각종 커피전문점들이 저토록 흥행이건만 그래도 우리에게 가장 만만한 건 자판기 커피. 우리 일상의 최측근인 커피자판기에는 너무 무겁지도 가볍지만도 않은 적절한 중량의 페이소스가 있습니다. '먹고살기' 위해 오가는 일상의 모퉁이에 커피 한잔만큼의 쉬는 시간이 담긴 컵을 당신은 말끄러미 내려다봅니다. 그 순간 당신의 머릿속에 "커피의 깊이" 같은 단어는 떠오르지 않을지라도, 바로 지금 이 순간의 소중함이 커피 거품처럼 부풀어 오르는지도 모릅니다. '문학적 순간'이라고 불러도 좋을 이런 순간들. 커피타임! 마음이 쉬어가는 이런 시간들이 더 자주 필요한 사소한 봄날 아니겠어요?

시
그
리
고
이
야
기

어느 목수의 집 짓는 이야기

황학주

기적처럼 바다 가까운 데 있는 집을 생각하며 살았다
순서가 없는 일이었다
집터가 없을 때에 내 주머니에 있는 집
설계도를 본 사람 없어도
집 한 채가 통째로 뜨는 창은
미리 완성되어 수면에 반짝였다

나무 야생화 돌들을 먼저 심어
밤마다 소금별들과 무선 전화를 개통해 두고
허가 받지 않은 채 파도소리를 등기했다
하루는 곰곰이 생각하다
출입문 낼 허공 옆 수국 심을 허공에게
지분을 떼 주었다

제 안의 어둠에 바짝 붙은 길고긴 해안선을 타고
다음 항구까지 갈 수 있는 집의 도면이 고립에게서 나왔기에
섬들을 다치지 않게 거실 안으로 들이는 공법은
외로움에게서 배웠다

물 위로 밤이 오가는 시간 내내
지면에 닿지 않고 서성이는 물새들과
파도의 도서관에 대해 이야기했다
개가식으로 정렬된 푸르고 흰 책등이
마을로 가는 징검다리가 되어줄 수 있을까

순서를 생각하면 순서가 없고
준비해서 지으려면 준비가 없는
넓고 넓은 바닷가
현관문이 아직 먼데 신발을 벗고
맨발인 마음으로 들어가는 집,
내 집터는 언제나 당신의 바닷가에 있었다

우리에겐 집이 필요합니다. 지상에 몸 누일 안식처인 집은 물질적 의미 이상의 정감을 가집니다. 집을 보면 집 주인의 성품을 짐작할 수 있다고도 하지요. 집을 '재산 증식'의 도구쯤으로 치부하는 사람들은 시인의 이런 집 짓기가 답답해 보일 수도 있겠습니다. 시인의 집 짓기는 느리기 한량없습니다. 집이 들어설 주변의 온갖 자연물에게 이 집의 설계도를 먼저 보여주고 그들의 마음을 얻는 일부터가 먼저라고 생각하는 집짓기이니! 별들과 무선전화 통화를 하고 물새들과 파도의 도서관에 대해 의논합니다. 심지어 허공에게도 지분을 떼어준다는 '시인스러운' 집 짓기는 우리를 한없이 "맨발인 마음"으로 인도하는군요. 우리가 보살펴야 할 집의 의미를 문득 생각해보는 날입니다. 당신은 어떤 집을 짓고 싶은가요.

시
그리고
이야기

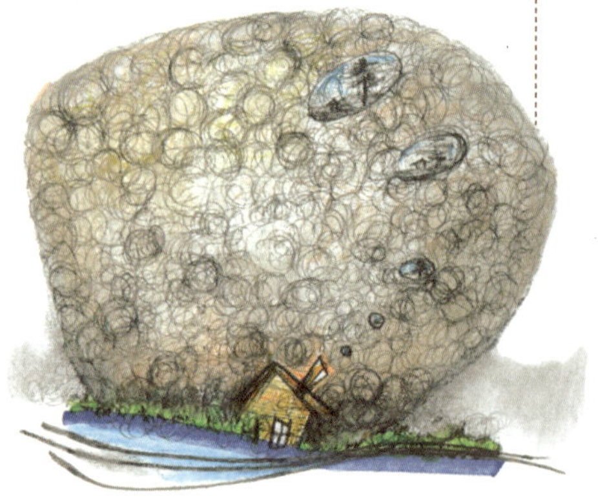

고시원에서

차창룡

고향을 떠난 사람들이 이곳에서 산다
한때는 야망을 품고 이곳에 왔고
한때는 갈 데가 없어 이곳에 왔으나

가족들과 헤어진 사람들이 이곳에서 산다
가족들을 잊기 위해 산다
가족들을 잊지 못해 산다
가족들과 영영 헤어지기 위해 산다

헤어짐이란 고시와도 같은 것
나는 날마다 고시공부하듯 결별의 책을 읽는다
벽마다 책이 쌓여서 무너질까봐
그 위를 무거운 책으로 눌러놓고는

나를 포위한 책 속에서 행복하다
책을 벗어나지 못하는 내게는
책으로 만든 장작불이야말로
최고의 다비식을 제공할까

바람이 많은 곳이어서 바람은
혹은 바람이 전혀 없는 곳임에도
없는 바람마저 뼛속을 누빈다
뼛속을 빼고는 관속처럼 아늑하여라
창문 없는 내 방이여

참 이상하다 사람이란
바람을 피해 바람이 없는 방을 찾더니
바람이 그리워 방을 옮기는 사람이란
바람을 배반하고는 바람에게 배반당하리

옮기자마자 북쪽에서 바람이 몰려온다
고립의 성채를 두드리는 바람 두려워
나는 확 창문을 닫는다
바람과 함께 들어오던 삼각산이
유리에 이마를 부딪혀 푸른 피를 흘리는데도

가족과 헤어진 사람들이 살고 있는 이즈음의 고시원. 갈 곳 없는 이들이 고시 공부하는 이들보다 더 많은 고시원엔 가장 깊은 고독을 등짐 진 이들이 찾아듭니다. 현대인의 고독 저 밑바닥엔 크고 작은 이산離散의 아픔들이 있지요. 이산의 이유야 다양하겠으나 통증의 뿌리는 비슷할 겁니다. "가족들을 잊기 위해 산다/가족들을 잊지 못해 산다"라고 시인이 말할 때, 눈물도 말라버린 이 도시에서 우리는 무엇을 찾아 헤매는 것인지 문득 가슴이 서늘해집니다. '헤어짐'이라는 고시를 치루며 더러는 유서를 주머니에 넣고 다닐 수밖에 없는 누군가들이 있습니다. 이 시는 그 누군가들 속에 우리가 있음을 경험한 시인이 조용히 우리에게 내미는 손입니다. 고립의 바닥을 먼저 맛본 시인이 내미는 손을 잡고, 그대여 고립으로부터 뛰쳐나와 스스로의 창문을 내시길. 산 자는 삶으로!

시
그리고
이야기

서머타임

김이듬

발목은 시들어간다

걸음을 낭비했다

위세척을 하고 넌 더욱 고통스러워하고

여름이 제일 추워, 나는 없어질 거야

너는 눈물을 흘리며 웃지만

해가 뜰 때까지만 같이 있어줄게

풍선을 불어줄게

날아오르다가 터지겠지

꿀벌은 꽃잎 속에서

고양이는 나무 위에서

너는 내 무릎을 베고

아니, 널 따라하지 않아

왜 남은 날들을 신경 써야 하니

잘하려니까 심장을 멈추고 싶잖아

난 일광을 낭비할 거야 날 낭비할 거야

낮에는 커튼을 치지

많이 걷지 않고 버스에서 곧잘 자
뭘 찾으려고 넌 거기까지 갔었니

내 모닝콜은 거슈윈의 자장가
내일 못 일어나도
여름은 살기 좋은 계절
여름은 죽기 좋은 계절
그럴 리 없지만
물고기는 수면 위를 날고 목화는 익어가는데
아빠는 부자 엄마는 멋쟁이
그러니 아가야 울지 말아라

○　"여름은 젊음의 계절~ 여름은 사랑의 계절~" 이런 노래가 있지요, 제목이 뭐였더라… 여름은 이렇게 젊음/사랑 등의 수식어와 함께하기 십상이지만요. 이 시에 등장하는 젊음 혹은 여름은 해맑은 찬가와는 거리가 있어 보입니다. 어조는 명랑하지만 이 명랑의 화살이 꿰뚫고 가는 여름 하늘은 춥습니다. 위세척을 한 '아가'라 불리는 이 젊음 앞에서 우리는 불안하게 두리번거립니다. 세상의 위협 속에서 스스로 죽어가는 젊음들. 모닝콜로 자장가를 듣는 모순이 일상화된 추운 삶. 부유하고 멋쟁이 천지인 세상의 제물들인 우리는 왜 이토록 출구가 없는가요. 여름이 제일 추운 우리의 어떤 젊음들을 위해 오늘 이 동병상련을 배달합니다. 젊어서 죽은 제니스 조플린이 생각나는 날. 하루쯤은 커피도 술도 사랑도 독한 것으로만 취하렵니다, 나는.

시
그
리
고
이
야
기

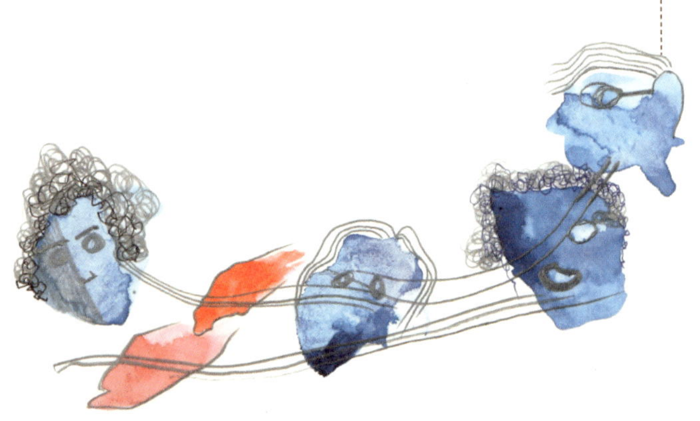

구름극장에서 만나요

김근

이제 우리 구름극장에서 만나요 구름떼처럼은 아니지만 제 얼굴을 지우고 싶은 사람들 하나둘 숨어드는 곳 햇빛 따위는 잊어버려도 좋아요 날카롭게 돋아나서 눈을 찔러버리는 것들은 잊고 구름으로 된 의자에 앉아 남모르게 우리는 제 몫의 구름을 조금씩 교환하기만 하면 되지요 「구름목장의 결투」나 「황야의 구름」 같은 오래된 영화의 총소리를 굳이 들을 필요는 없어요 구름극장에는 처음부터 정해진 게 아무것도 없으니까요 네모난 영사막은 뭉게뭉게 피어올라 금세 다른 모양으로 몸을 바꾸지요 그럴 때 사람들이 조금씩 흘려놓은 구름 냄새에 취해 잠시 생각에 잠겨보는 건 어때요 오직 이곳에서만 그대와 나인 우리 아직 어둠속으로 흩어져버리기 전인 우리 서로 나눠가진 구름의 입자들만 땀구멍이나 주름 사이에 스멀거리기만 할 우리 아무것도 아닐 그대 혹은 나 지금은 너무 많은 우리 사람들이 쏟아놓은 구름 위를 통통통 튀어다녀보아요 가볍게 천사는 되지 못해도 얼굴이 뭉개진 천사처럼 하얗고 가볍게 이따금 의자를 딸깍거리며 구름처럼 증발해버리는 사람이 있어도 그런 건 그리 대수로운 일은 아니지요 구름극장이 아니어도 우리도 모두 그처럼 가볍게 증발해버릴 운명들이니까요 햇빛 따위는 잊어버려도 좋아요 구름에 관한 동시상영 영화들은 그리 길지 않아요 영화를 보기 위해서는 아니지만 그래도 우리 구름극장에서 만나요 저녁이면 둥실 떠올라 세상에는 아주 없는 것 같은 구름극장 말이에요.

◦　일상의 어느 하루 구름극장에 가는 상상을 해보는 건 어때요? 우리의 일상이란 대개 딱딱한 틀 속에 고정되어 있잖아요. 사람은 자연인데! 이렇게 딱딱하게 굳어 살면 병이 나지요. 오늘 우리는 구름극장에서 만나기로 해요. 구름으로 된 의자에 앉아 구름들이 나오는 영화를 보죠. 팝콘을 쩝쩝거리다가 여기저기 밉상인 살을 조금씩 뜯어 옆자리 다른 구름들과 교환하기도 하구요. 아, 특히나 당신이라는 구름을 탐색하면서 나는 구름의 변신에 대해 골몰하지요. 나는 구름이니 오호, 신 나라. 당신… 안녕하신가요? 당신은… 오직 당신인가요? 당신이란… 정말 무엇인가요? 신 나는 구름극장. 태생부터 구름인 끊임없이 변화하는 인생이 나는 좋아요. 시인이 이 시에서 마침표, 쉼표, 행, 연 등을 일체 구분하지 않은 이유도 경계 없는 변화무쌍을 사랑해서인 듯해요.

시
그
리
고
이
야
기

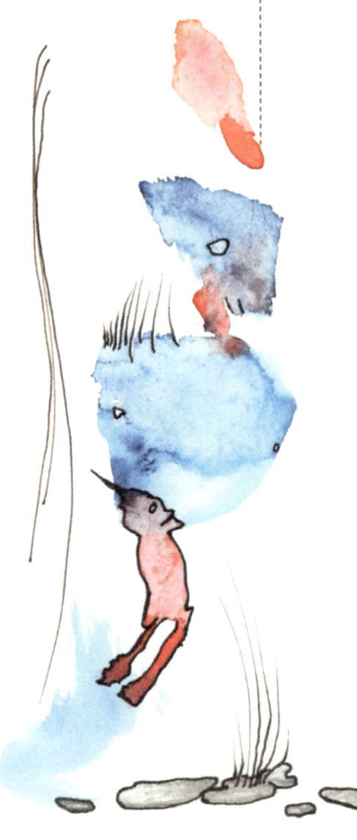

오래된 여행가방

김수영

스무살이 될 무렵 나의 꿈은 주머니가 많이 달린 여행가방과 펠리컨 만년필을 갖는 것이었다. 만년필은 주머니 속에 넣어두고 낯선 곳에서 한번씩 꺼내 엽서를 쓰는 것.

만년필은 잃어버렸고, 그것들을 사준 멋쟁이 이모부는 회갑을 넘기자 한달 만에 돌아가셨다.

아이를 낳고 먼 섬에 있는 친구나, 소풍날 빈방에 홀로 남겨진 내 짝 홍도, 애인도 아니면서 삼년 동안 편지를 주고받은 남자, 머나먼 이국 땅에서 생을 마감한 삼촌……

추억이란 갈수록 가벼워지는 것. 잊고 있다가 문득 가슴 저려지는 것이다.

이따금 다락 구석에서 먼지만 풀썩이는 낡은 가방을 꺼낼 때마다 나를 태운 기차는 자그락거리며 침목을 밟고 간다. 그러나 이제 기억하지 못한다. 주워온 돌들은 어느 강에서 온 것인지, 곱게 말린 꽃들은 어느 들판에서 왔는지.

어느 외딴 간이역에서 빈자리를 남긴 채 내려버린 세월들. 저

길이 나를 잠시 내려놓은 것인지, 외길로 뻗어 있는 레일을 보며 곰곰 생각해본다. 나는 혼자이고 이제 어디로든 다시 돌아갈 수 없다는 것을.

9월을 목전에 둔 오늘은 살짝, 옛날 사진을 보듯, 낡은 흑백사진의 미감이 그리워서 이 시를 꺼냈습니다. 컬러풀한 세상이 좋다가도 문득 질리는 날. 오래된 흑백 영화를 보러가고 싶다거나 엘피판 긁는 바늘의 타닥 튀는 소리 같은 게 그리워지는, 그런 날이 가끔 찾아오는 생이어서 다행입니다. 그러면 우리는 여행가방을 꺼내지요. 기차는 과거로 달리고요. 나를 태운 기차가 자그락거리며 침목을 밟고 가는 것을 추억합니다. 다시는 돌아갈 수 없는 세상이 있어서 소중한 것들이 생기는지도 모르지요. 가방이 낡아갈수록 가방 주인도 늙어가고 세상도 변하고 추억의 의미도 달라집니다만, 기억의 빨랫줄에 널어두고 잊어버린 옷가지들이 문득 펄럭일 때, 추억이란 퍽 괜찮은 동행. 뜯어낸 달력에 표시되어있는 만남과 이별의 간이역에서 때로는 '혼자라서 좋다'고 스스로에게 말해주어도 좋겠습니다. 나를 잠시 내려놓은 저 길의 안부는 좀 천천히 물어도 괜찮습니다.

시
그리고
이야기

재킷을 입은 시인

이재훈

재킷을 입고 시를 쓴다.

어머니가 없는 공허한 시를 쓴다.

예술가들은 겨드랑이에 날개를 달고

머리에 뿔을 단다. 광대의 옷을 입는다.

거친 발걸음으로 거리에 나가 거죽을 벗긴

날짐승을 전시한다.

대중은 환호하고, 예술은 진지하다.

재킷을 입고 시를 쓴다.

고독한 오만으로 공허한 시를 쓴다.

재주 좋은 시인은

높은 나무에 올라 나뭇잎의 형상을 그린다.

시든 나뭇가지의 슬픔을 노래한다.

재킷을 입고 시를 쓴다.

사로잡힌 유니콘의 뿔에 대해.

사랑하는 말발굽 소리에 대해.

문명인의 실험에 훼손당한 별의 슬픔에 대해.

스삭스삭 재킷의 말로 쓴다.

실상 외투는 어머니의 살로 만들어진 것.

재킷, 재킷! 하면* 어머니의 뇌와 심장이 실이 되어
올올이 풀려나온다.
재킷을 입고 추위를 견딘 나는
어머니에 대해 쓸 수 없다.
잠자는 숲에 들어가 촛불을 켜고
재킷을 태우면 세상에서 가장 아름다운
한 편의 시가 태어날 텐데.
재킷의 재가 나무에 뿌려져
울창한 숲이 되면,
앙상한 내 겨드랑이에 날개가 생길 텐데.
재킷을 입고 시를 쓴다.
너무 추워 재킷을 꼭 껴입고
잠자는 숲속의 공주에게 재킷, 재킷 말을 건다.

*아베 고보의 소설 「시인의 생애」에서

아베 고보의 짤막한 단편소설 「시인의 생애」에서 모티브를 얻은 시이지만, 이 시를 즐기기 위해 그 단편소설을 꼭 읽어야할 필요는 없다는 것 알고 계시죠? 스스로 물레에 감긴 실이 되고 마침내 재킷이 된 노파의 이야기가 나오는 아베 고보의 「시인의 생애」는 퍽 의미심장한 소설인데, 저는 아베 고보가 이 시를 보면 아주 즐거워할 거라는 생각이 듭니다. 소설과는 전혀 다른 경로의 즐거움을 주는 시입니다. 풍자와 알레고리가 예리하게 살아있는, 어딘지 허를 꿰뚫는 느낌의 시. 이만하면 소설과 시의 상호작용이 퍽 아름다운 진경을 펼쳐보이는 셈. 곽재구 시인의 「사평역에서」를 읽고 임철우 소설가가 「사평역」을 쓴 것처럼, 시와 소설이 서로에게 미칠 수 있는 좋은 관계들이 많이 만들어질수록 독자는 즐거워지지요. 이제 저는 흥미로운 마음으로 재킷에 몰두해봅니다. 시인이 공허한 시를 쓰는 이유는 재킷을 입었기 때문인데, 재킷은 어머니이고, 어머니를 입어버렸으니 시인이 쓰는 시에는 어머니가 없고, 그러니 공허하고, 공허한데 아닌 척 허세를 부리고, 그러느라 점점 세상은 춥고, 재킷 없이는 추위를 견딜 수 없고, 그럴수록 시는 더 공허해지고, 나는 재킷을 더 꼭 껴입고… 생명력 있고 진실된 시를 쓰기 위해서는 어머니를 재킷으로부터 해방시켜드려야 하는데 재킷 없이 시인은 이 거리의 추위를 견딜 수 없으니, 이 모순을 어떻게 견딜까. 눈치 채셨겠지만 이것은 비단 시인의 문제만은 아닙니다. 당신은 어떤 재킷을 입고 있나요?
당신의 재킷은 안녕한가요? 당신의 어머니는 무탈하신가요.

시
그리고
이야기

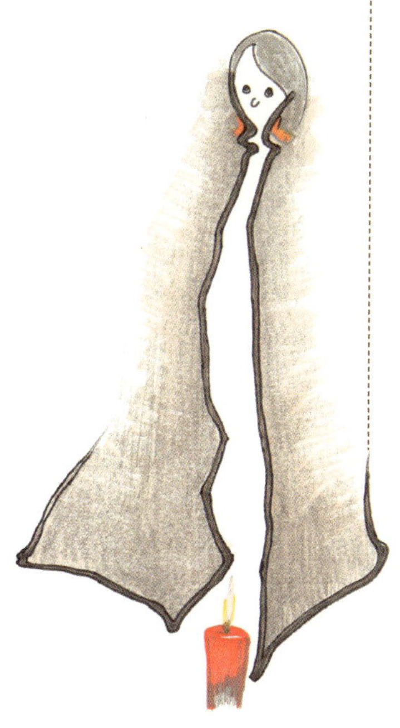

소금창고

박성우

그녀는 소금창고를 가지고 있다
낡고 오래된 창고 안에는
소금덩이들이 무더기로 부려져 있다

소금창고를 물려받던 열댓살 무렵
소금저장법을 알 리 없는 그녀는
시도 때도 없이 녹아 흘러버리는 소금을
어찌하지 못하였다고 한다 그런 탓에
소금물은 그렁그렁 녹아내리기 일쑤였다

그녀가 아들을 잃고 남편이 떠나던 이십여년 전
무심코 열어본 소금창고에서는
짜디짠 소금물이 새어나오고 있었다
창고의 문은 여간 닫히지 않았고
곁에 있던 사람들은 이러지도 저러지도 못하였다

그녀의 눈 속에는 소금창고가 있다
이맛살과 눈주름이 폭삭 내려앉은 창고 안에는

넘실넘실 녹아나가는 소금물을
꾹꾹 눌러 말린 소금들이 켜켜이 쌓여 있다
누렇고 검게 그을린 소금덩어리

'짠하다'는 말이 제일 먼저 떠오릅니다. 짠하다는 말이 왠지 짜디 짠 소금창고로부터 왔을 것만 같은 생각이 듭니다. 그녀는 누구일까. 아들을 잃고 남편이 떠난 것이 이십 년 전이라 하니, 그녀는 나이 든 늙은 여인일 터. 시인의 어머니이기 쉽겠으나 꼭 그렇다고 단정할 필요는 없습니다. 이모나 숙모 같은 친척 여인일 수도 있고 고향 마을의 늙은 여인일 수도 있습니다. 그녀가 누구인지는 사실 중요하지 않습니다. 우리 주위엔 "이맛살과 눈주름이 폭삭 내려앉은" 소금창고를 가진 얼마나 많은 어머니들이 계신가요. 삶의 풍파 속에 고단한 소금창고를 가지게 된 그 모든 얼굴들이 바로 내 어머니이기도 하고 당신의 어머니이기도 합니다. 이 시인의 시들은 대개 시인의 모습 그대로 수줍고 수수합니다. 시적 대상과의 거리를 소박하고도 적절하게 유지합니다. 비애가 있지만 너무 넘치지도 모자라지도 않게 소금창고와 한 여인의 삶이 교차합니다. 이 교차점에서 생기는 짠한 울림은 시인의 따뜻한 배려로부터 오는 것일 터. 독자에 대한 배려, 그리고 무엇보다 소금창고로 형상화된 '그녀'에 대한 배려 말입니다. 문득, 어머니 그립습니다.

시
그
리
고
이
야
기

우리 구름극장에서 만나요
저녁이면 둥실 떠올라 세상에는
아주 없는 것 같은 구름극장 말이에요

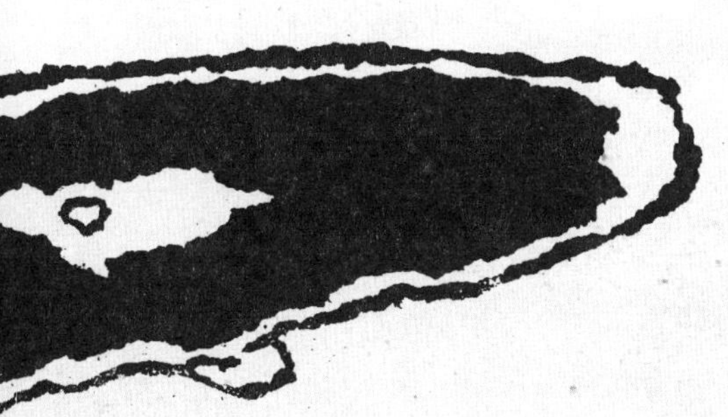

심봤다

이홍섭

일평생 산을 쫓아다닌 사진가가 작품전을 열었는데, 우연히 전시장을 찾은 어떤 심마니가 한 작품 앞에 서서 감탄을 연발하며 발길을 옮기지 못하더란다, 이윽고 그 심마니는 사진가를 불러 이 좋은 산삼을 어디서 찍었느냐고 물어온 것인데, 사진을 찍고도 그 이쁜 꽃의 정체를 몰라 궁금해했던 사진가는 산삼이라는 얘기를 듣고는 기절초풍을 했더란다, 그날 이후 사진가는 작품전은 뒷전인 채 배낭을 메고 산삼 찍은 곳을 찾아 온 산속을 헤매게 되었다는데……

그 사진가는 허름한 곱창집에서 소주잔을 건네며 사는 게 꼭 꿈결 같다고 자꾸만 되뇌는데, 그게 자신한테 하는 말인지, 산삼한테 하는 말인지, 사진한테 하는 말인지 영 종잡을 수 없는 것이라, 이상한 것은 그 얘기를 듣는 나도 그 사진가를 따라 오랫동안 산속을 헤매 다닌 듯한 느낌에 사로잡히게 되었다는 것인데, 그리고 자꾸만 사는 게 꿈결 같다고 맞장구를 치는 것인데……

사는 게 꿈결 같을 때 더러 있지요. 제가 이 시 속의 사진가라면 정말 안타까울 것 같아요. 그런데 한 번 더 생각해보면 말이죠. 시에서 보여주는 이런 상황이 불현듯 닥칠 때가 있는 것은 생이 우리에게 주는 선물일 수도 있지 않을까요. 우리가 흔히 알고 있는 '장자의 꿈'이 연상되기도 합니다. 그것은 즐거운 깨달음의 시간. 어마어마한 금액으로 당첨된 로또복권을 찾아가지 않는 사람들이 꽤 있다는 뉴스를 본 적 있어요. 뒤늦게 알게 되면 안타깝겠지만, 거액의 로또복권에 당첨된 후 인생을 완전히 망쳐버린 사람들도 꽤 많으니, 새옹지마일 수도 있습니다. 맞아요, "사는 게 꿈결" 같습니다. '꿈결 같은 거니까' 우리 좀 쉬엄쉬엄 놀며 살아요. 늘 눈앞에 두고도 소중한 줄 모르는 가까운 사람들부터 좀 챙기면서 말이죠. 하루에 적어도 한 번은 하늘을 올려다보고 한 번쯤은 달과 별을 쳐다보면서 말이죠.

시
그리고 이야기

저무는 사람

이영주

태어나면서부터 우린 저무는 사람들. 생일은 미리 말해주자. 젖은 바람 부는 계절에는 얼굴을 보고 이야기하자. 머리를 빡빡 민 사람이 오랫동안 편지를 쓴다. 몸을 보니 여자였구나. 상점 주인은 창밖의 간판을 세다가 저무는 사람. 단 한 명의 노파도 없는 비 오는 골목으로 음악을 흘려 보낸다.

지느러미를 감추고 들어와야 해. 여자인 줄 알았는데 그림자를 보니 물고기구나. 상점에는 푸른 비늘이 가득 찬다. 그녀가 달력을 넘기는 동안 천장에서 물이 새고 있다. 노파를 보고 싶은 계절이야. 생일을 견디며 물고기들이 모서리에 지느러미를 비빈다.

태어나면서부터 우린 비린내를 풍기는 물건들. 물고기인 줄 알았는데 장화를 벗고 보니 딱딱한 계단이구나. 그녀는 문밖의 발들을 바라보다 밤늦도록 저문다.

고무장화를 신자. 태풍이 오기 전에 생일을 미리 말하자. 바람이 젖은 달력을 찢는다. 계단 밑, 붉은 웅덩이 속에 머리를 빡

"

빡 민 노파가 잠들어 있다.

 홍수가 난 이웃나라의 도시를 보면서 이 시가 생각났어요. 내 속엔 비. 혹은 흩날리는 흰 눈발. 눈이든 비든 모두 물이니까, 물속을 걸어 새로운 거리에 닿아요. '사주까페' 등이 내걸린 찻집 같은 데 우연히 들러 "당신은 태어나면서부터 저무는 사람이야."라는 말을 꼬부랑노파에게 들은 것 같은 기분이에요. 기분이 나쁜 건 아니고요, 그냥 좀 멜랑콜리해지는 그런 날 있잖아요. 사실, 태어나면서 저무는 게 인생이죠, 뭘 그리 상심해요. 우린 모두 언젠가 죽는다는 전제를 가지고 태어나는 거잖아요. 구미호처럼 텀블링을 멋지게 하고 났더니 내 그림자가 물고기 모양이 되었어요. 그림자에서 물고기 비린내가 나요. 어머니 뱃속에서 열 달을 살 때 맡았던 양수 냄새와 닮았어요. 나와 내 그림자 중 어느 쪽이 진짜 나에 가까울까요? 나와 내 그림자 사이에 신발을 벗은 계단이 놓이고, '문밖의 발들을 바라보다 나는 저물어요.' 오늘도, 올해도, 그렇게 저물어요. 친구들이여 안녕. 태어나면서 저무는 것처럼, 삶 속엔 죽음이 반짝. 저무는 한해가 지나면 새로 태어나는 한해가 또 반짝!

시
그리고
이야기

빛

신해욱

천사에게
몸을 꾸었다.

부족하지 않을 만큼 나에게도 있었는데
시간과의 비례가
나는 아주 좋지 않은 경우였다고 한다.

천사의 몸으로서
앞으로 나는 빚에 시달리게 된다.

날개로 간신히 숨을 쉬며
무거운 어깨가 영영
어쩔 수 없어져가게 된다.

천사는 거의 뒷모습으로 웃으며
눈보다 하얀 생각에
파묻혀야 한다고 했다.

천사의 몸은 언제나
돈보다 비싸고
시간보다도 긴 것이므로
갚을 길이 없다고 했다.

쓸모가 없어진 나의 표정을
결국 나는
몇 번밖에 본 적이 없게 된다.

깨질 것처럼 단단하게
굳은 얼굴 속에서

그러나 천사의 눈물이
나의 앞을 가로막게 된다.

이 슬픔은 어디에서 오는 걸까요. 이상해요… 시라는 장르가 아니라면 이런 간결한 말들 때문에 이렇게 슬퍼지기가 쉽지 않을 거라는 생각이 들어요. 그렇지 않나요. 지금 내 몸이 천사에게 몸을 빚진 거라면요. 몸을 꾸긴 했는데 언제 갚을 수 있을지 자신이 없고… 어쩌죠? '거의 뒷모습으로 웃는 천사'의 모습으로 당신에게 다가가고 있는 나를 느끼나요. 혼자 울고 있는 당신의 손을 따스하게 꼭 잡고 볼을 대어주고 싶은데, 실은 이 몸이 빚 덩어리랍니다. 그래도 위안이 되는 것은, 세상 모든 것의 주인인 것처럼 행세하는 어떤 돈보다도 천사의 몸이 더 비싸다는 것. 돈으로 셈할 수 없이 훨씬 훨씬 더 비싸다는 것. 그것이 비록 잘못 바꿔 입은 몸일지라도.

시
그
리
고
이
야
기

ㄹ

성기완

도르레 가리비 너러바위 라르고
괜스레 나란히 부리나케 사르고
너스레 가랑잎 대구지리 쓰리고

콘트랄토 리비도 아무르 아름다운
알레그로 이리도 쿠랑트 사라방드
살어리 어리랏다 리랏다
이러쳐 우렁남친 뎌러쳐

어강됴리 비취오시라
다롱디리 드리오리다
동동다리 뿌리오리다

시리잇고 욜세라
아랫꽂섬 녀러신
흘리오리다
꼭그렇진
않얄라리얄라

어름우희댓닙자리
구름나라로맨티카

더듸새오시라
졸라마시리라
러둥셩
링디리

두어렁셩 괴시란대 아즐가
도란도란 크레이지 날라리
노래불러 우러곰
사랑살이 잠깐새리
주물러라 다리좀
딩아돌아 더러둥셩
떼끼에로 알러뷰
래일이또 업스랴

민들레 도라지 바리바리 드리고

발그레 다랑어 부리부리 슈르고
물푸레 미란다 소리소리 지르고

말랑말랑 발랑발랑
찰랑찰랑 살랑살랑

다롱디우셔 마득사리
렌토보다 더느리게
리드미컬 멜로디컬
이렁구러 아련했
넌픠랄 거로리
아련했
아련했
사랑
사랑
리을
ㄹ

○ 한 편의 시속에 '리'이 소나기처럼 많이 등장하네요. '리'이 주인공
인 시입니다. 빗소리처럼 아련한 리을… 사랑해 사랑해요 사랑한다니
까요 사랑해줘요 사랑밖에 난 몰라요! 울고 웃는 리을의 목소리. 리을
의 음악. 리을의 다르마(法). 허공에 슝슝 날아다니는 리을의 빨주노초
파남보. 리을들의 사랑과 이별. 리을들의 청춘과 노쇠. 리을들의 맥박
과 부정맥. 리을들의 당뇨병과 티눈. 티눈조차도 당신을 사랑해요. 중
독된 사랑의 황홀과 쓸쓸함. 리을을 따라 달리는 리을의 욕망이 울다
지친 음악으로 거리에 흘러요. 당신은 리을을 만났나요. 사랑이… 그
렇게… 당신을 관통했나요. 사랑 따위라고요? 사랑에… 관통당해본
적 없는… 당신은 도대체 누구인가요… 라고, 리을이 묻네요, 리을의
이미지들이 낄낄거리네요. 무슨 귀신 씨나락 까먹는 소리냐고요? 귀
신 씨나락 까먹는 소리를 정말로 듣고 싶은 게 시이기도 하거든요. 가
끔은 이렇게 놀아줘야 자음과 모음들이 신선해지거든요.

시
그리고
이야기

토르소

이장욱

손가락은 외로움을 위해 팔고
귀는 죄책감을 위해 팔았다.
코는 실망하지 않기 위해 팔았으며
흰 치아는 한 번에 한 개씩
오해를 위해 팔았다.

나는 습관이 없고
냉혈한의 표정이 없고
옷걸이에 걸리지도 않는다.
누가 나를 입을 수 있나.
악수를 하거나
이어달리기는?

나는 열심히 트랙을 달렸다.
검은 서류가방을 든 채 중요한 협상을 진행하고
밤의 쇼윈도우에 서서 물끄러미
당신을 바라보았다.
악수는 할 수 없겠지만

이미 정해진 자세로
긴 목과
굳은 어깨로

당신이 밤의 상점을 지나갔다.
헤이,
내가 당신을 부르자 당신이 고개를 돌렸다.
캄캄하게 뚫린 당신의 눈동자에 내 얼굴이 비치는 순간,

아마도 우리는 언젠가
만난 적이 있다.
아마도 내가
당신의 그림자였던 적이.
당신이 나의 손과
발목
그리고 얼굴이었던 적이.

헤이, 누군가 나를 부릅니다. 돌아보자마자 순식간에 그를 알아보고 글썽, 눈물이 고였다면 그는 누구일까요. 헤이, 부르는 목소리 뒤에는 느낌표가 찍히지 않습니다. 무심한 듯 그저 쉼표 하나의 여백으로 부르는 그 목소리. 하지만 오랜 관찰자의 고독을 숨긴 채 시크한 무표정으로 오늘의 거리를 읊어가는 시인의 속내가 실은 몹시 여리고 따뜻하다는 것을 섬세한 독자들은 간파해냅니다. 토르소에게서 사라진 그 모든 각각 부위들의 역사를 기억하는 누군가 있어줘야 삶이 정당하지 않을까, 불현듯 생각하게 됩니다. 그것이 비록 남루하거나 치욕의 기억에 근접한 것일지라 해도. 헤이, 오늘의 거리에서 이런 목소리가 당신을 부르거든 외면하지 말고 뒤돌아봐 주십시오. 내 손가락 귀 코 발목 팔목을 가진, 헤이, 우리는 언젠가 만난 적이 있습니다. 보이는 것보다 안 보이는 것을 더 많이 가진 헤이, 헤이, 잿빛 토르소의 쓸쓸한 묵시록.

시
그
리
고
이
야
기

거짓말을 타전하다

안현미

여상을 졸업하고 더듬이가 긴 곤충들과 아현동 산동네에서
살았다 고아는 아니었지만 고아 같았다 사무원으로 산다는 건
한 달 치의 방과 한 달 치의 쌀이었다 그렇게 꽃다운 청춘을 팔
면서 살았다 꽃다운 청춘을 팔면서도 슬프지 않았다 가끔 대학
생이 된 친구들을 만나면 말을 더듬었지만 등록금이 없어 학교
에 가지 못하던 날들은 이미 과거였다 고아는 아니었지만 고아
같았다 비키니 옷장 속에서 더듬이가 긴 곤충들이 출몰할 때도
말을 더듬었다 우우, 우, 우 일요일엔 산 아래 아현동 시장에서
혼자 순대국밥을 먹었다 순대국밥 아주머니는 왜 혼자냐고 한
번도 묻지 않았다 그래서 고마웠다 고아는 아니었지만 고아 같
았다

여상을 졸업하고 높은 빌딩으로 출근했지만 높은 건 내가 아
니었다 높은 건 내가 아니라는 걸 깨닫는 데 꽃다운 청춘을 바
쳤다 억울하진 않았다 불 꺼진 방에서 더듬이가 긴 곤충들이
나 대신 잘 살고 있었다 빛을 싫어하는 것 빼곤 더듬이가 긴 곤
충들은 나와 비슷했다 가족은 아니었지만 가족 같았다 불 꺼진
방 번개탄을 피울 때마다 눈이 시렸다 가끔 70년대처럼 연탄 가

스 중독으로 죽고 싶었지만 더듬더듬 더듬이가 긴 곤충들이 내 이마를 더듬었다 우우, 우, 우 가족은 아니었지만 가족 같았다 꽃다운 청춘이었지만 벌레 같았다 벌레가 된 사내를 아현동 헌 책방에서 만난 건 생의 꼭 한 번은 있다는 행운 같았다 그 후로 나는 더듬이가 긴 곤충들과 진짜 가족이 되었다 꽃다운 청춘을 바쳐 벌레가 되었다 불 꺼진 방에서 우우, 우, 우 거짓말을 타전 하기 시작했다 더듬더듬, 거짓말 같은 시를!

○ "고아는 아니었지만 고아 같았다" 이런 시구가 꼭 들어맞는 시절이 생의 어느 한 구비에선 꼭 오는 것 같습니다. 저도 그랬어요. 고아는 아니었지만 고아 같았지요… 우, 우, 우, 말을 더듬으며, 가슴에 돌처럼 맺힌 말들을 간신히 시로 꺼내면서, 그렇게 겨우겨우 견딘 시절이 있었습니다. 그 시절이 지난 후에야 알았지요. 시가 나를 치유했다는 걸. 시가 나를 삶의 쪽으로 돌려세웠다는 걸 말이에요. 하여 저는 시의 치유력을 믿는 사람입니다. 이 시를 읽으며 눈물이 스밉니다. 당신도 나와 비슷한 시절을 건너왔군요. 동병상련의 침묵이 우, 우, 우, 꽃잎이 되고 새가 되고 더듬이가 긴 곤충이 되고 바람이 되는 길이 보입니다. 이 시를 읽고 있는 지금 아픈 그대여. 고통을 견디기에 시만큼 좋은 친구도 없답니다. 시의 손을 잡고 한 시절 건널 수도 있다는 걸 잊지 마세요. 지금은 그렇게 스스로를 믿어보자구요. 그렇게 애절한, 처연한, 거짓말들이여 쏟아져라. 우, 우, 우우, 더듬더듬 꺼내놓은 돌덩이 같은 말들에서 거짓말 같은 진짜 세월들이 기어코 꽃필 거예요.

시
그
리
고
이
야
기

전도섭

엄원태

　하루에 오천번 절하는 사람 있다. 전도섭(46)은 길 위의 참회자이자 김밥장수. 밀리는 차들은 물론 쌩쌩 달리는 차들에까지, 그는 안타깝게도 여지없이 구십도 꺾은 공손하기 짝이 없는 허리절을 한다. 하루에 칠천번 절한 적도 있다. 하루 오십개 파는 김밥은, 그의 절 공덕에 비하면 덤 같은 보시!

　그의 집은 컨테이너 한칸. 따뜻하지만, 연탄보일러 때문만은 아니다. 김밥 잘 마는 아내 김선미(39)와 파스 잘 붙이는 아들 민주(14), 재롱둥이 딸 민영(2)과 단란하게 산다. 비록 하루 세 시간 수면, 장좌불와長坐不臥에 가까운 수행자의 길에 그의 생활이 바쳐진 셈이지만.

　지은 죄업에 비하면, 오천배 절 보속은 아무것도 아니라는 도섭씨, 민주와 민영의 나이차 십이년. 모르긴 해도 그 짧지 않은 터울에 도섭씨의 죄업(?), 그 단초가 숨어 있을 듯하다. 어쨌거나, 그는 요즈음 도익철(25)이라는 '절하는 김밥장수'계의 도반이자 제자까지 두었다 한다.

폭설 몰아치는 바람 센 새벽 네시, 전라도 어딘가의 산업도로
변 눈보라로 하얗게 지워진 여명 풍경 속, 전봇대들뿐인 텅 빈
들녘에 한점 가뭇한 윤곽으로 서서, 그는 이따금 승냥이처럼 외
롭게 질주하며 오가는 화물차에 지극정성, 절을 한다.

한 사람의 인생에는 얼마나 많은 사연들이 숨 쉬고 있는 걸까요. 내 살아온 거 받아 적으면 못 되도 책이 한 권이여! 인생 좀 살았다는 어른들에게서 흔히 듣는 말이긴 하지만, 낱낱의 인생살이가 사실 책 한 권보다 못할 리 없습니다. 우린 모두 저마다의 인생을 적어가는 작가들! 콘테이너 한 칸짜리 집에서 김밥 잘 마는 아내와 두 아이와 사는 도섭씨의 인생도 책 한 권의 무게쯤 거뜬히 넘길 듯합니다. 하루 오천 번 길 위에다 절을 하는 도섭씨는 무엇을 참회하고 있는 걸까요. 사랑하고 애 낳고 사는 일이 무슨 죄겠어요, 싶다가 하루 오천 번 절해서 김밥 오십 개 파는 일이란 하루에 오천 번이라도 절하고 싶은 사람이 있다는 이야기지! 싶어지니 마음 한 녘이 뜨끈해지는데요. 변방 낮은 자리의 도섭 씨를 시로 되살려 기억하며 우리 삶의 바탕이 되는 지극함에 대해 이야기하는 시인의 마음 웅숭깊어 출출한 여름밤, 배고픈 줄 모르겠습니다. 배 안 고파도 전도섭 씨 같은 사람에게서 김밥 한 줄 사고 싶습니다.

시
그리고
이야기

② 뭇별들 사이에 누워 당신을 지켜볼게

청춘, 연애, 사랑

내게 새를 가르쳐 주시겠어요?

최승자

내게 새를 가르쳐 주시겠어요?
그러면 내 심장 속 새집의 열쇠를 빌려드릴게요.

내 몸을 맑은 시냇물 줄기로 휘감아 주시겠어요?
그러면 난 당신 몸 속을 작은 조약돌로 굴러다닐게요.

내 텃밭에 심을 푸른 씨앗이 되어 주시겠어요?
그러면 난 당신 창가로 기어올라 빨간 깨꽃으로
까꿍! 피어날게요.

엄하지만 다정한 내 아빠가 되어 주시겠어요?
그러면 난 너그럽고 순한 당신의 엄마가 되어드릴게요.

오늘 밤 내게 단 한 번의 깊은 입맞춤을 주시겠어요?
그러면 내일 아침에 예쁜 아이를 낳아드릴게요.

그리고 어느 저녁 늦은 햇빛에 실려
내가 이 세상을 떠나갈 때에,

저무는 산 그림자보다 기인 눈빛으로
잠시만 나를 바래다주시겠어요?
그러면 난 뭇별들 사이에 그윽한 눈동자로 누워
밤마다 당신을 지켜봐드릴게요.

　　제가 아는 연애시들 중 가장 처연한 시입니다. 바스러진 벚꽃들이 바람에 쓸려 사라져버린 나무 밑에서 이 시를 읊조립니다. 어투는 발랄하지만 이 발랄함은 '저무는 산 그림자'의 길고 고적한 쓸쓸함을 품고 있습니다. 봄에는 누구나 연애하고 싶어 달뜹니다. 연애하고 싶어 달뜨는 이 뜨거운 마음은 생의 불연속성에 대한 우리 나름의 안간힘이기도 할 겁니다. 피해갈 수 없는, 언젠가 다가올 죽음이 있어 우리는 더욱 달뜹니다. 지금 이 순간의 사랑이 열렬해집니다. 사랑의 숙명이면서 존재의 숙명이기도 한 불연속하는 생의 마디를 시인은 이렇게 이어놓습니다. '내가 이 세상을 떠난 후라도 뭇별들 사이에 누워 밤마다 당신을 지켜봐 드리겠노라'고. 아, 오늘의 사랑에 최선을 다해야겠습니다.

시
그리고 이야기

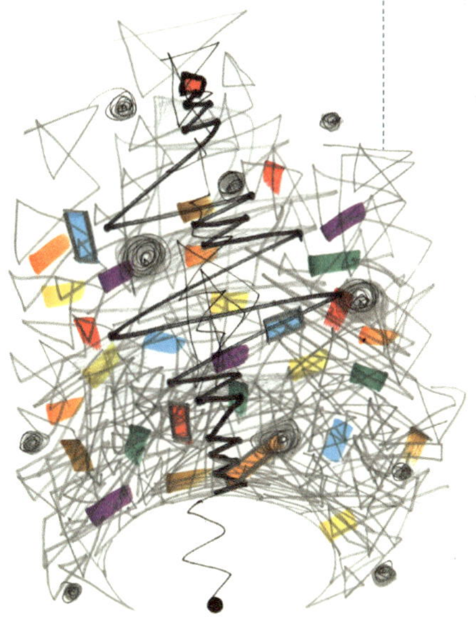

사랑법

강은교

떠나고 싶은 자
떠나게 하고
잠들고 싶은 자
잠들게 하고
그리고도 남은 시간은
침묵할 것.

또는 꽃에 대하여
또는 하늘에 대하여
또는 무덤에 대하여

서둘지 말 것
침묵할 것.

그대 살 속의
오래전에 굳은 날개와
흐르지 않는 강물과
누워 있는 누워 있는 구름,

결코 잠 깨지 않는 별을
쉽게 꿈꾸지 말고
쉽게 흐르지 말고
쉽게 꽃피지 말고
그러므로

실눈으로 볼 것
떠나고 싶은 자
홀로 떠나는 모습을
잠들고 싶은 자
홀로 잠드는 모습을

가장 큰 하늘은 언제나
그대 등 뒤에 있다.

이 시인의 사랑법은 엄격하면서도 품이 넓습니다. '무애'라는 말이 떠오릅니다. 막히거나 거치는 것이 없음을 뜻하는 무애는 "떠나고 싶은 자/떠나게 하고/잠들고 싶은 자/잠들게 하"라는 전언과 통해 있습니다. 시쳇말에 오는 사람 안 막고 가는 사람 안 잡는다는 말이 있지요. 경우에 따라 바람둥이의 말처럼 들리기도 하는 이 말을 철학적으로 사유하면 무애사상이 될지도 모릅니다. 인간을 병들게 하는 큰 고통 중 하나가 집착임을 알아챈 그 옛날 한 멋쟁이 구도자가 양팔을 활짝 펼치고 무애를 춤추는 것, 노래하는 것 듣습니다. 구도행에 익숙한 시인의 삶이 세간과 출세간 사이에서 아슬한 경계로 버티고 있습니다. "쉽게 꿈꾸지 말고/쉽게 흐르지 말고/쉽게 꽃피지 말"라고 합니다. 이 아슬한 팽팽함이 좋습니다. 그리고 기억하시길. 사랑은 '항상 함께' 속에 있는 것은 아닙니다. 홀로 잘 존재하는 사람이 사랑도 잘한다는 사실!

시
그리고
이야기

사철나무 그늘 아래 쉴 때는

장정일

그랬으면 좋겠다 살다가 지친 사람들
가끔씩 사철나무 그늘 아래 쉴 때는
계절이 달아나지 않고 시간이 흐르지 않아
오랫동안 늙지 않고 배고픔과 실직 잠시라도 잊거나
그늘 아래 휴식한 만큼 아픈 일생이 아물어진다면
좋겠다 정말 그랬으면 좋겠다

굵직굵직한 나무등걸 아래 앉아 억만 시름 접어 날리고
결국 끊지 못했던 흡연의 사슬 끝내 떨칠 수 있을 때
그늘 아래 앉은 그것이 그대로 하나의 뿌리가 되어
나는 지층 가장 깊은 곳에 내려앉은 물맛을 보고
수액이 체관 타고 흐르는 그대로 한 됫박 녹말이 되어
나뭇가지 흔드는 어깨짓으로 지친 새들의 날개와
부르튼 구름의 발바닥 쉬게 할 수 있다면

좋겠다 사철나무 그늘 아래 또 내가 앉아
아무것도 되지 못하고 내가 나밖에 될 수 없을 때
이제는 홀로 있음이 만물 자유케 하며

스물두 살 앞에 쌓인 술병 먼 길 돌아서 가고
공장들과 공장들 숱한 대장간과 국경의 거미줄로부터
그대 걸어나와 서로의 팔목 야윈 슬픔 잡아준다면

좋을 것이다 그제서야 조금씩 시간의 얼레도 풀어져
초록의 대지는 저녁 타는 그림으로 어둑하고
형제들은 출근에 가위 눌리지 않는 단잠의 베개 벨 것인데
한편에서 되게 낮잠 자버린 사람들이 나지막이 노래불러
유행 지난 시편의 몇 구절을 기억하겠지

바빌론 강가에 앉아
사철나무 그늘을 생각하며 우리는
눈물 흘렸지요

○ 스물두 살 청년이 화자인 이 시엔 생의 힘겨움과 비애를 일찍 알아버린 소년시인의 애잔한 순수가 가득합니다. 지금은 지천명에 이른 한 작가의 글쓰기 가장 밑바닥 내밀한 곳을 보여주는 시지요. 세상의 모든 소외된 곳들에서 외롭게 칼잠 자는 "부르튼 구름의 발바닥"을 쉬게 하고픈 선함의 파동이 뭉클합니다. 그럴 때 생은 신비합니다. 인간이라는 동물이 지구상에 살아서 그래도 퍽 괜찮을 수 있는 희망의 가능성은 이런 서정, 이렇듯 존재의 안쓰러움에 민감한 마음의 무늬 때문일 겁니다. 이것은 이를테면 우정의 마음. 자기 자신을 포함하여 삶에 지친 존재들을 위로하고픈 소년마리아의 노래. 이런 위로가 세상 한편에 있는 한 우리는 아직 눈물 흘려도 좋습니다. 우리는 서로에게 사철나무 한 그루 되어주고 싶습니다. 친구여, 길 가는 그대에게 사철나무의 꿈까지 들려주고 싶습니다.

시
그리고
이야기

피해라는 이름의 해피

김민정

만난 첫날부터 결혼하자던 한 남자에게
꼭 한 달 만에 차였다
헤어지자며 남자는 그랬다

너 그때 버스 터미널 지나오며 뭐라고 했지?
버스들이 밤이 되니 다 잠자러 오네 그랬어요
너 일부러 순진한 척한 거지, 시 쓴답시고?
그런 게 시였어요? 몰랐는데요

너 그때 「두사부일체」보면서 한 번도 안 웃었지?
웃겨야 웃는데 한 번도 안 웃겨서 그랬어요
너 일부러 잘난 척한 거지, 시 쓴답시고?
그런 게 시였어요? 몰랐는데요

너 그때 도미회 장식했던 장미꽃 다 씹어 먹었지?
싱싱하니 내버리기 아까워서 그랬어요
너 일부러 이상한 척한 거지, 시 쓴답시고?
그런 게 시였어요? 몰랐는데요

진정한 시의 달인 여기 계신 줄
예전엔 미처 몰랐으므로 몰라 봬서
죄송합니다, 사연 끝에 정중히
호號 하나 달아드리니 son of a bitch

사전은 좀 찾아보셨나요? 누가 볼까
가래침으로 단단히 풀칠한 편지
남자는 뜯고 개자식은 물로 헹굴 때
비로소 나는 악마와 천사 놀이를 한다.
이 풍경의 한순간을 시 쓴답시고

흥, 치사하군요. 언제는 특이하게 시 쓴다고 달라붙더니 이제 와
선 시 쓴다고 트집 잡는 당신. 시인이 필요한 곳은 인간의 몸, 마음, 정
신 중 어디일까. 세상의 어느 자리에 시인은 앉을 수 있을까. 헉, 그게
그런 거였어? 다정과 힐난이 줄넘기 넘는 아이처럼 오락가락하는 거
야 인생 다반사 그 모양이니 그렇다 치지만, 차버리고 떠나는 마당에
꼰대 같은 이유씩이나 조목조목 들이대며 '안전망' 구축하는 당신. 마
음 변했으면 그냥 쿨하게 잘 가줘요, 당신한테 시 쓰고 살라고 안 할
테니까. 여기서 뭉개져 시 쓰고 사는 거야 내 인생이죠. 난 내 인생이
좋다구요! 애인과 우습게 헤어지고 화가 나서 팔짝팔짝 뛰다가 푸른
밤바다를 보고 온 것 같은 시. 시시콜콜 가르치려 드는 꼰대님들에게
읽어주고 싶은, 시로 쓰기 쉽지 않은 바람맞은 시. 깎자고 덤비는 세상
에서 너무 싸게 파는 거라서 더 이상 깎아줄 수 없는 시. 안 착해 보이
는 착한 시. 그러니 우리 해피하자구요.

시
그리고
이야기

물푸레나무

김태정

물푸레나무는

물에 담근 가지가

그 물, 파르스름하게 물들인다고 해서

물푸레나무라지요

가지가 물을 파르스름 물들이는 건지

물이 가지를 파르스름 물올리는 건지

그건 잘 모르겠지만

물푸레나무를 생각하는 저녁 어스름

어쩌면 물푸레나무는 저 푸른 어스름을

닮았을지 몰라 나이 마흔이 다 되도록

부끄럽게도 아직 한번도 본 적 없는

물푸레나무, 그 파르스름한 빛은 어디서 오는 건지

물 속에서 물이 오른 물푸레나무

그 파르스름한 빛깔이 보고 싶습니다

물푸레나무빛이 스며든 물

그 파르스름한 빛깔이 보고 싶습니다

그것은 어쩌면

이 세상에서 내가 가장 사랑하는 빛깔일 것만 같고

또 어쩌면
이 세상에서 내가 갖지 못할 빛깔인 것만 같아
어쩌면 나에겐
아주 슬픈 빛깔일지도 모르겠지만
가지가 물을 파르스름 물들이며 잔잔히
물이 가지를 파르스름 물올리며 찬찬히
가난한 연인들이
서로에게 밥을 덜어주듯 다정히
체하지 않게 등도 다독거려주면서
묵언정진하듯 물빛에 스며든 물푸레나무
그들의 사랑이 부럽습니다.

○ 등단한 지 13년 만에 시집 한 권을 펴내더니 그 후로 7년이 되도록 다음 시집 소식이 없어 궁금하던 이 시인이 지금 아주 많이 아프다고 합니다. 해남 달마산 미황사 아래 그녀가 깃들어 산다는 이야기를 들은 지 오래되도록 한번 찾아가보지도 못했습니다. 순수랄지 순정함이랄지 하는 말이 에누리 없이 맞춤하게 어울리는 시인이라고 그녀를 기억합니다. "가지가 물을 파르스름 물들이는 건지/물이 가지를 파르스름 물올리는 건지" 이런 시인들이 있어 세상의 파르스름이 그나마 유지되어 가는지도 모르는데…. 물들이고 스며드는 방식으로 세상과 만나려는 시인의 파르스름. 잔잔과 찬찬의 파르스름. 가난한 연인들이어야 제격일 파르스름. 가장 사랑하지만 가질 수 없고 그래서 슬픈 빛깔 파르스름이 누구에게나 하나씩은 있을 겁니다. 어딘가 물푸레나무 가지 같은 등을 다독여주는 환하고 외로운 그림자가 있을 것 같습니다. 물푸레나무 숟가락으로 서로에게 밥을 떠먹여주고 있는 그런 사랑이 있을 것 같습니다.

시
그
리
고
이
야
기

꽃이 피는 건 힘들어도 지는 건 잠깐이더군

골고루 쳐다볼 틈 없이 님 한번 생각할 틈 없이

아주 잠깐이더군

가을밤

조용미

마늘과 꿀을 유리병 속에 넣어 가두어두었다 두 해가 지나도
록 깜박 잊었다 한 숟가락 뜨니 마늘도 꿀도 아니다 마늘이고
꿀이다

당신도 저렇게 오래 내 속에 갇혀 있었으니 형과 질이 변했겠다

마늘에 緣하고 꿀에 연하고 시간에 연하고 동그란 유리병에
둘러싸여 마늘꿀절임이 된 것처럼

내 속의 당신은 참당신이 아닐 것이다 변해버린 맛이 묘하다

또 한 숟가락 나의 손과 발을 따뜻하게 해줄 마늘꿀절임 같은
당신을,

가을밤은 맑고 깊어서 방 안에 연못 물 얇아지는 소리가 다
들어앉는다

늦가을이랄지 초겨울이랄지, 이즈음이 되면 저도 어쩐지 꿀 생각이 납니다. 벌들에게서 훔쳐 와 먹는 것이라 벌들에게 많이 미안하긴 합니다만, 한밤중 한 모금씩 삼키는 따뜻한 꿀물을 생각하면 벌써 기분이 좋아집니다. 꿀에 마늘을 담가 숙성시켜 먹기도 한다는 걸 이 시를 읽고 새로 배웠습니다. 담근 채 오래 두어 마늘이 꿀이고 꿀이 마늘이 된 찐득찐득해진 그 '물질'을 상상해봅니다. 마늘의 형체가 있으면서도 없고 없는 듯하면서도 있는, 유리병 속에 든 그것을 가만 바라봅니다. 나도 아니고 당신도 아닌 나와 당신. 더불어 오랜 친구가 되어준 그대여, 우리가 꼭 저럴 것도 같습니다. 우정이라고도 사랑이라고 할 수도 있는, 마법 같은 시간의 꿀절임 속에서 나와 당신이 달콤쌉싸름해져 있네요. "연못 물 얇아지는 소리"가 들리는 가을밤이 있고 사랑이 있습니다. 때때로 마음의 수족냉증이 느껴지면 시를 읽는 게 장땡!

시
그
리
고
이
야
기

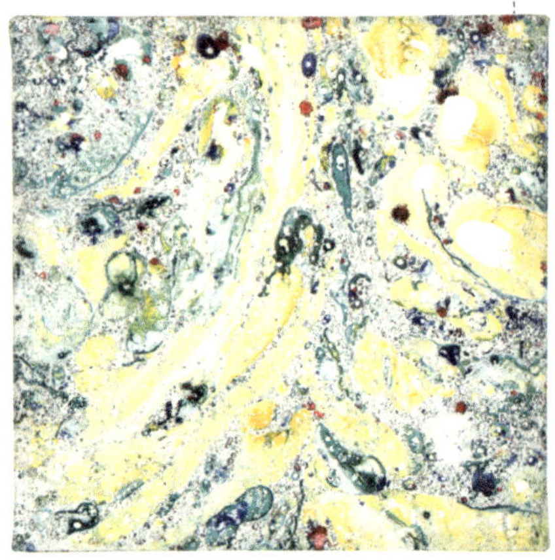

너무 아름다운 병

함성호

아프니?
안녕 눈동자여, 은빛 그림자여, 사연이여
병이 깊구나
얼마나 오랫동안 속으로 노래를 불러
네가 없는 허무를 메웠던지
그런
너의 병은 왜 이렇게 아름다운지
어떤 무늬인지 읽지 않았으니
아무 마음 일어날 줄 모르는데
얼마나 많은 호흡들이 숨죽이고 있는지
한 발짝도 내디딜 수 없는 압력

휘청, 발목이 잘려나간 것처럼
한없이 무너지고 싶다
밥 먹어
너의 아름다운 병도 밥을 먹어야지
별다방 아가씨가 배달 스쿠터를 타고
전화번호가 적힌 깃발을 휘날리며 지나간다

누가 부르지도 않았는데
참혹한 욕망이 문지방까지 와서
기다리고 있다

돌아가자
너의 아름다운 병을
검은 아스팔트까지 바래다주러 간다
가면, 오래오래 흐린 강 마을에서
집의 창을 만지는 먼지들과 살 너와
돌아서면 까맣게 잊고
이미 죽은 나무에 물을 뿌릴 나는
저리위— 독주에 취해 더 깊은 병을 볼 거면서

먼 길로
일부러 먼 길로
너의 아름다운 병을
오래오래 배웅한다

어떤 날은 그저 막막해집니다. 어떤 날의 어떤 순간은 그저 먹먹해집니다. 막막하고 먹먹해지는 그 모든 순간들에 시는 태어나고 스러집니다. 너무 아름다운 병. 이것은 누구의 이야기입니까. 노래라고 불리기 이전에 노래가 된 누구의 탄식입니까. 사랑의 탄식이며 이별의 과정에 대한 기인 긴 이야기를 중얼거려봅니다. 그저 막막하게 먹먹하게 중얼거려봅니다. 잘 사랑하는 것 속에는 잘 이별하는 것도 포함된다고 하더군요. 사랑을 돌아보세요. 이별도 돌아보세요. 겨울인데 아직 겨울이 아니었으면 좋겠고 분명 겨울인데 아직 11월인 이런 시간. 당신의 아름다운 병에게 따뜻한 밥 한 공기 한 숟갈 한 숟갈 떠먹여주고 싶습니다. 돌아가자, 막막하게 먹먹하게 말해봅니다. 먼 길로, 일부러 먼 길로 당신을 배웅합니다.

시
그리고
이야기

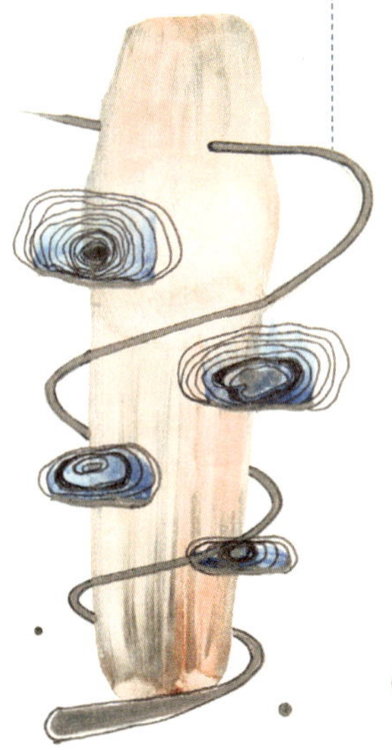

그녀의 입술은 따스하고 당신의 것은 차거든

최정례

그러니, 제발 날 놓아줘,
당신을 더 이상 사랑하지 않거든, 그러니 제발,

저지방 우유, 고등어, 클리넥스, 고무장갑을 싣고
트렁크를 꽝 내리닫는데……
부드럽기 그지없는 목소리로 플리즈 릴리즈 미가 흘러나오네
건너편에 세워둔 차 안에서 개 한 마리 차창을 긁으며 울부짖네

이 나라는 다알리아가 쟁반만 해, 벚꽃도 주먹만 해
지지도 않고
한 달이고 두 달이고 피어만 있다고
은영이가 전화했을 때

느닷없이 옆 차가 다가와 내 차를 꽝 박네
운전수가 튀어나와
아줌마, 내가 이렇게 돌고 있는데
거기서 튀어나오면 어떻게 해
그래도 노래는 멈출 줄을 모르네

쇼핑카트를 반환하러 간 사람, 동전을 뺀다고 가서는 오지를 않
네
은영이는 전화를 끊지를 않네

내가 도는데 아저씨가 갑자기 핸들을 꺾었잖아요
듣지도 않고 남자는 재빨리 흰 스프레이를 꺼내
바닥에 죽죽죽 금을 긋네

십 분이 지나고 이십 분이 지나도 쇼핑센터를 빠져 나가는 차들
스피커에선 또 그 노래
이런 삶은 낭비야, 이건 죄악이야,
날 놓아줘, 부탁해, 제발 다시 사랑할 수 있게 날 놓아줘

그 나물에 그 밥
쟁반만 한 다알리아에 주먹만 한 벚꽃
그 노래에 그 타령
지난번에도 산 것을 또 사서 실었네

옆 차가 내 차를 박았단 말이야 소리쳐도
은영이는 전화를 끊지를 않네
훌쩍이면서
여기는 블루베리가 공짜야 공원에 가면
바께쓰로 하나 가득 따 담을 수 있어
블루베리 힐에 놀러가서 블루베리 케잌을 만들자구

플리즈 릴리즈 미, 널 더 이상 사랑하지 않거든
그녀의 입술은 따스하고 당신의 것은 차거든
그러니 제발, 날 놔줘. 다시 사랑할 수 있게 놓아 달란 말이야

　　"네 그래요 통속합니다. 그래요 상투적이죠 우리의 일상이란 게. 그래서 어쩌란 말이오? 일상이라는 신파를 견뎌야하는 것도 삶 아뇨? 그 통속함마저 우리의 '레알'이란 말이오!" 누가 이렇게 외치는 것 같습니다. 삶이, 일상이, '얼음땡놀이' 중인 것 같은 막막한 느낌이 들 때, 우리는 탈출을 꿈꾸지요. 탈출을 꿈꾼 이들 중엔 더러 정말로 탈출하는 사람들도 있습니다만. 시 속에 나오는 은영이처럼, 먼 나라로 탈출한 후에도 한국에서와 다름없는 일상의 상투성, 그 질긴 감옥에 다시 갇혀버릴 수도 있습니다. "은영이는 전화를 끊지를 않네" 같은 대목에서 제 시선은 오래 흔들립니다. 전화를 끊지 않네, 가 아니라 전화를 끊지'를' 않네, 라고 시인이 조사 하나를 굳이 더 붙여 쓸 때, 저 '를' 속에 포함된 그 모든 지리멸렬한 비애의 울컥함들! 시인이 포착해내는 이런 일상의 순간들이 시로서 우리 눈앞에 다시 전개될 때, 화들짝 놀랍니다. 우리의 일상을 다시금 일깨우게 됩니다. 고마워요, 시인이어. 우린 차가운 입술에 길들여지지 않을 거예요.

시
그
리
고
이
야
기

나와 나타샤와 흰 당나귀

백석

가난한 내가
아름다운 나타샤를 사랑해서
오늘밤은 푹푹 눈이 나린다

나타샤를 사랑은 하고
눈은 푹푹 날리고
나는 혼자 쓸쓸히 앉어 소주를 마신다
소주를 마시며 생각한다
나타샤와 나는
눈이 푹푹 쌓이는 밤 흰 당나귀 타고
산골로 가자 출출이 우는 깊은 산골로 가 마가리에 살자

눈은 푹푹 나리고
나는 나타샤를 생각하고
나타샤가 아니 올 리 없다
언제 벌써 내 속에 고조곤히 와 이야기한다
산골로 가는 것은 세상한테 지는 것이 아니다
세상 같은 건 더러워 버리는 것이다

눈은 푹푹 나리고

아름다운 나타샤는 나를 사랑하고

어데서 흰 당나귀도 오늘밤이 좋아서 응앙응앙 울을 것이다

◦   항간에 떠도는 백석의 사진이 보여주듯, 그는 언론사에서 근무하다 고등학교 영어교사를 했던 전형적인 지식인 모던보이였지요. 그가 평북 정주에서 태어난 것이 그의 말년의 불우를 이미 예정했던 걸까요. 해방 후 고향으로 돌아간 백석은 남북의 왕래가 더 이상 자유롭지 못하게 된 이후 북한의 사람으로 살아야 했지요. 50세 이후 일체의 창작활동이 중단된 채 83세에 죽었다고 알려진 백석. 해사한 꽃미남 같은 그 사진 속 얼굴과 쓰고 싶은 것들을 맘껏 쓰지 못한 채 말년을 맞은 노인 백석이 함께 떠올라 쓸쓸해집니다.

한 해의 마지막 달 마지막 주에 백석을 배달합니다. 가난한 나와 아름다운 나타샤의 대조가 주는 묘하고 아름다운 비감이 있는 시이지요. 푹푹 눈이 나립니다. 백석의 이 시가 아니었다면 "눈이 푹푹 나린다"는 표현은 아직껏 없었을지도 모릅니다. 나는 가난하여 아름다운 나타샤에게 적극적인 구애를 할 수 없습니다. 나타샤와 함께 출출이(새 이름입니다, 흔히 뱁새라고 한다지요^^) 우는 산골로 가 살자고 말하고 싶지만, 가난한 나는 자신이 없어 소주나 마십니다. 그런 내 마음속에 나타샤가 다가와 시인보다 더 대담하게 이렇게 이야기합니다. "그래 우리 산골로 가. 산골로 가는 게 세상한테 지는 건 아냐." 시인 자신이 하고 싶은 말을 나타샤의 입을 통해 하고 있군요. 그의 간절한 마음이 읽혀집니다. "흥, 세상 같은 건 더러워 버리는 거야." 세상에 버려지지 말고 우리가 먼저 더러운 세상을 버리자고, 그렇게 우리의 사랑을 지키자고 말하는 이 마음. 이들의 사랑을 축복하듯 어디서 흰 당나귀도 응앙응앙 웁니다. '응앙응앙' 우는 흰 당나귀라니. 이 역시 백석이 없었다면 아직껏 우리 시에서 드러난 적 없는 표현일지 모릅니다.

하지만 결국 그들은 마가리(오두막집)로 함께 가지 못했습니다. 현실과 꿈의 괴리, 그것은 백석에게 짐 지워진 운명이었을까요. 백석을 떠올릴 때 늘 함께 떠오르는 사람, 자야의 이야기가 생각납니다. 그들은 초강력 콩깍지가 씐 듯 사랑했지만 백석은 북한에서 죽고, 남한에서 엄청난 돈을 번 그녀는 천억 원대의 재산을 법정스님께 시주해 오늘날의 길상사가 세워졌다지요. 그 사람 어디가 그렇게 좋았어요? 자야여사가 죽기 며칠 전 기자가 묻는 이 말에 자야여사의 대답은 이랬답니다. 천억이 그 사람 시 한 줄만 못해. 다시 태어나면 나도 시를 쓸 거야.

알고계시지요? 천 억이 있어도 사랑하는 사람의 따뜻한 숨결 한 줄보다 못하다는 것을.

시 그리고 이야기

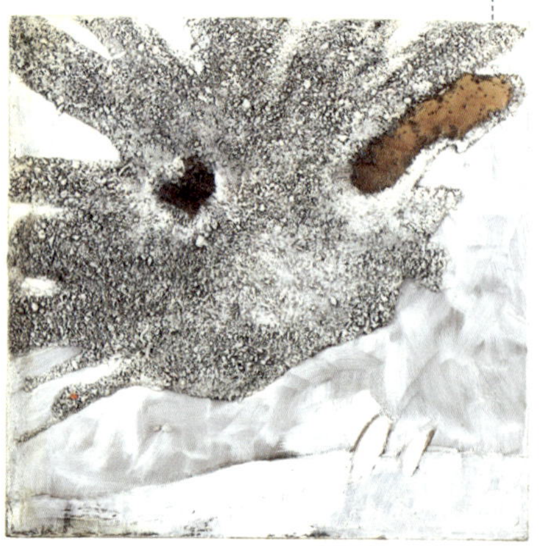

선운사에서

최영미

꽃이
피는 건 힘들어도
지는 건 잠깐이더군
골고루 쳐다볼 틈 없이
님 한번 생각할 틈 없이
아주 잠깐이더군

그대가 처음
내 속에 피어날 때처럼
잊는 것 또한 그렇게
순간이면 좋겠네

멀리서 웃는 그대여
산 넘어 가는 그대여

꽃이
지는 건 쉬워도
잊는 건 한참이더군

영영 한참이더군

◦ 그래요, 지상의 모든 꽃들은 그리 힘들게 피는 거지요. 그리 힘들게 피어난 꽃이 한순간 져버리는 걸 보면 가슴 밑바닥이 서늘해집니다만. 우리 생의 조건이 또한 그러합니다. 피해갈 수 없지요. 김영랑이 「모란이 피기까지는」에서 절절히 노래했듯, 생의 환희와 비애가 한 꽃송이 속에 찬란히 얼룩져있습니다. 그래요, 사랑도 그러합니다. 만나서 사랑하기까지 한 송이 꽃이 피듯 우리는 피어나지요. 만나면 헤어짐이 있을 것이고 사랑을 시작하면 끝도 있는 것이지요. 헤어짐과 끝이 있을 것을 알면서도 우리는 사랑을 시작하고 싶어 합니다. 고통을 감내하면서라도 사랑을 향해 움직여가는 이런 방향성, 때로 바보 같아 보이는 그 정향성이, 바로 우리의 힘인지도 모릅니다. 중요한 것은 지금 이 순간, 사랑하거나 헤어지거나 잊는 것이 한참이라서 힘든 그 모든 순간들에 최선을 다하는 것. 그런 스스로를 향해 파이팅! 외쳐주는 것.

시
그
리
고
이
야
기

가는 길

김소월

그립다
말을 할까
하니 그리워

그냥 갈까
그래도
다시 더 한 번……

저 산에도 까마귀, 들에 까마귀,
서산에는 해진다고
지저귑니다.

앞 강물, 뒷 강물,
흐르는 물은
어서 따라오라고 따라가자고
흘러도 연달아 흐릅디다려.

○ '한국인의 애송시'가 된 소월의 시들을 읽다 보면 왜 소월의 시들이 그토록 오랜 시간 사람들의 사랑을 받는지 자연스럽게 알게 됩니다. 소월의 시들은 숨 쉬는 것처럼 자연스럽게 노래가 됩니다. 우리 마음의 가장 낮게 드리운 먹먹한 사랑의 심경이 노래처럼 읊조려지는 소월의 세계는 친숙하면서 아픕니다. 살면서 누구나 한 번씩은 이별을 경험하지요. 이별이 누구나 감당해야 하는 인생의 몫임을 소월의 시는 '거의 완벽하게' 노래로 구현합니다. 결코 도통하지 않고, 매번 처음인 것처럼 아픕니다. 이 시 '가는 길'의 처음 두 연을 너무나 사랑합니다. 인간이 가진 그리움의 정서를 단 몇 마디로 이토록 완벽하게 구현해낸 소월이 시인이 아니었다면 대체 무엇이 될 수 있었겠어요. 천상천하 시인만이 유일한 자기 몫이었던 소월을 우리 문학사가 가질 수 있어서 참으로 고맙습니다. 가끔, 별 뜻 없이, 어떤 풍경들 앞에서 아주 천천히, 몹시 느릿느릿, 이 시의 첫 두 연을 읊조립니다. "그립다/말을 할까/하니 그리워//그냥 갈까/그래도/다시 더 한 번" 이토록 예민한 이별의 생리학, 혹은 그리움의 생성학. 오늘은 당신에게 이 착잡하고도 아름다운 애틋한 노래를 바칩니다.

시
그
리
고
이
야
기

알 수 없어요

한용운

바람도 없는 공중에 수직의 파문을 내이며, 고요히 떨어지는 오동잎은 누구의 발자취입니까.

지루한 장마 끝에 서풍에 몰려가는 무서운 검은 구름의 터진 틈으로, 언뜻언뜻 보이는 푸른 하늘은 누구의 얼굴입니까.

꽃도 없는 깊은 나무에 푸른 이끼를 거쳐서, 옛 탑 위의 고요한 하늘을 스치는 알 수 없는 향기는 누구의 입김입니까.

근원은 알지도 못할 곳에서 나서, 돌부리를 울리고 가늘게 흐르는 적은 시내는 굽이굽이 누구의 노래입니까.

연꽃 같은 발꿈치로 가이없는 바다를 밟고, 옥 같은 손으로 끝없는 하늘을 만지면서, 떨어지는 날을 곱게 단장하는 저녁놀은 누구의 시입니까.

타고 남은 재가 다시 기름이 됩니다. 그칠 줄을 모르고 타는 나의 가슴은 누구의 밤을 지키는 약한 등불입니까.

◦ 문학에 뜻을 둔 이가 아니었던 사람이 어느 날 깊은 산에 박혀 피를 토하듯 한 권의 시집을 쓴다면, 그때 쓰인 시는 '문학적이다 아니다' 등의 평가를 넘어서는 어떤 진실에 육박해갈 가능성이 높다는 것을 우리 문학사에서 명징하게 보여준 이가 만해라고 저는 생각합니다. 승려와 독립운동가로서의 만해의 삶을 사랑하면서 동시에 시인으로서의 그의 삶을 사랑하는 이유가 거기 있습니다. 그 진심과 진실의 깊이 말이지요. 시집 『님의 침묵』을 쓸 때 그는 3.1운동 참여 후 옥고를 치르고 나온 40대 중반의 승려였습니다. 시쳇말로 문학청년기의 감수성과는 멀어도 한참 먼 중년의 시기에 그가 써낸 절절한 사랑의 시편들은 그의 사회적 신분을 생각한다면 엄청난 파격입니다. 승려의 신분으로 '날카로운 첫키스의 추억'을 운운하는 파격을 자유롭게 구사하며 무소의 뿔처럼 성큼성큼 나아간 만해의 열정을 사랑합니다.

이 시 「알 수 없어요」를 읽을 때면 입가에 미소가 서립니다. 오늘날 창작되는 시들에 비하면 어딘지 좀 덜 세련되었으나 전해지는 진심의 깊이는 무량하고 섬세한, 언어의 기교를 훌쩍 넘어선 마음의 파동. "연꽃 같은 발꿈치로 가이없는 바다를 밟고, 옥 같은 손으로 끝없는 하늘을 만지면서, 떨어지는 날을 곱게 단장하는 저녁놀"의 풍경은 어딘지 좀 촌스러운 듯 어리숙한데, 희한하게도 그 어리숙함 속에 영롱하게 빛나는 진심의 빛이 느껴집니다. 입술 끝으로 하는 말이 아니라 온몸을 모두 울리면서 꺼내어놓는 말이기에 "타고 남은 재가 다시 기름이 된다"
는 강력한 역설과 비약에 고개를 끄덕이게 됩니다.

그대여, 시가 가진 이런 신비한 힘을 우리가 아직 신뢰하는 한, 우리의
미래는 괜찮은 것인지도 모릅니다. 비록 우리들 낱낱은 "약한 등불"이
겠으나 "그칠 줄 모르고 타는" 착한 열정을 끝내 간직할 수만 있다면!

시
그
리
고
이
야
기

③ 풋물 같은 것에라도 젖어있으라

자연의 서정이 우리를 살리네

꼬막

박노해

벌교 중학교 동창생 광석이가
꼬막 한 말을 부쳐왔다

꼬막을 삶는 일은 엄숙한 일
이 섬세한 남도南道의 살림 성사聖事는
타지 처자에게 맡겨서는 안 된다

모처럼 팔을 걷고 옛 기억을 살리며
싸목싸목 참꼬막을 삶는다

둥근 상에 수북이 삶은 꼬막을 두고
어여 모여 꼬막을 까먹는다

이 또롱또롱하고 짭조름하고 졸깃거리는 맛
나가 한겨울에 이걸 못 묵으면 몸살헌다

친구야 고맙다
나는 겨울이면 니가 젤 좋아부러

감사전화를 했더니
찬바람 부는 갯벌 바닷가에서
광석이 목소리가 긴 뻘 그림자다

우리 벌교 꼬막도 예전 같지 않다야
수확량이 솔찬히 줄어부렀어야
아니 아니 갯벌이 오염돼서만이 아니고
긍께 그 머시냐 태풍 때문이 아니것냐
요 몇 년 동안 우리 여자만에 말이시
태풍이 안 오셨다는 거 아니여

큰 태풍이 읎어서 바다와 갯벌이
한번 시원히 뒤집히지 않응께 말이여
꼬막들이 영 시원찮다야

근디 자넨 좀 어쩌께 지냉가
자네가 감옥 안 가고 몸 성한께 좋긴 하네만
이 놈의 시대가 말이여, 너무 오래 태풍이 읎써어

정권 왔다니 갔다니 깔짝대는 거 말고 말여
썩은 것들 한번 깨끗이 갈아엎는 태풍이 읍써어

어이 친구, 자네 죽었능가 살았능가

최고의 갯벌을 가진 벌교 앞바다 여자만의 꼬막은 예로부터 유명했지요. 벌교에서 꼬막을 사면 가까운 시장 뒷골목 밥집들에서 꼬막을 삶아줍니다. 불 옆을 지키고 섰다가 "바로 지금이요!" 딱 맞춤하게 꼬막을 익혀 내놓는 아주머니들의 손길에는 위풍당당함이 있지요. 이 싱싱한 자긍심에 슬며시 끼어든 시인의 친구 '광석 씨'의 목소리가 생생합니다. 꼬막밭 농사도 소출이 많아야 신이 날 텐데 자꾸 소출이 준다는군요. 이유인즉슨, 썩은 것들 깨끗이 갈아엎는 태풍이 없기 때문이라고요. 그래요. 자연이나 인생사나 '바로 그것'이 필요한 시점이 있는 거지요. 고인 채 썩어가지 않도록 때맞춰 스스로 태풍을 일으키며 살아야 하지요. 그걸 잊으면 시나브로 '영 시원찮아진' 꼬막 신세 될지도 모릅니다.

시
그
리
고
이
야
기

민지의 꽃

정희성

강원도 평창군 미탄면 청옥산 기슭
덜렁 집 한채 짓고 살러 들어간 제자를 찾아갔다
거기서 만들고 거기서 키웠다는
다섯살 배기 딸 민지
민지가 아침 일찍 눈 비비고 일어나
저보다 큰 물뿌리개를 나한테 들리고
질경이 나싱개 토끼풀 억새……
이런 풀들에게 물을 주며
잘 잤니, 인사를 하는 것이었다
그게 뭔데 거기다 물을 주니?
꽃이야, 하고 민지가 대답했다
그건 잡초야, 라고 말하려던 내 입이 다물어졌다
내 말은 때가 묻어
천지와 귀신을 감동시키지 못하는데
꽃이야, 하는 그 애의 말 한마디가
풀잎의 풋풋한 잠을 흔들어 깨우는 것이었다

꽃과 풀이 함께 있을 때면 꽃에게 마음을 주지 풀에게 마음 주기는 쉽지 않습니다. 아름다운 것에 끌리는 것은 자연스러운 일이니 풀에게 마음을 덜 준 인지상정을 탓할 바 아닙니다만, 여기, 풀들을 꽃이라 부르는 소녀가 있네요. 질경이, 토끼풀 같은 흔하디흔한 풀을 보살피는 소녀의 눈에 그 풀들은 꽃처럼 아름다운 겁니다. 아메리카 원주민들은 애초부터 '잡초'라는 개념을 가지고 있지 않았지요. 변산공동체의 윤구병 선생은 '잡초는 없다'라는 책을 내셨구요. 풀들을 모두 꽃이라 여기는 민지의 마음을 생각합니다. 꽃의 눈에는 꽃이 보이지요. 우리도 한때 다들 민지였을 거예요. 우리가 잃어버린 민지의 마음을 어디에서 어떻게 찾아야 할까요.

시
그
리
고
이
야
기

교외 郊外

박성룡

Ⅰ

무모無毛한 생활에선 이미 잊힌 지 오랜 들꽃이 많다.

더욱이 이렇게 숱한 풀벌레 울어 예는 서녘 벌에

한알의 원숙한 과물果物과도 같은 붉은 낙일落日을 형벌처럼 등에 하고

홀로 바람 외진 들길을 걸어보면

이젠 자꾸만 모진 돌 틈에 비벼 피는 풀꽃들의 생각밖엔 없다.

멀리멀리 흘러가는 구름포기

그 구름포기 하나 떠오름이 없다.

Ⅱ

풋물 같은 것에라도 젖어 있어야 한다.

풀밭엔 꽃잎사귀,

과일밭엔 나뭇잎들,

이젠 모든 것이 스스로의 무게로만 떨어져오는
산과 들이 이렇게 무풍無風하고 보면
아, 그렇게 푸르기만 하던 하늘, 푸르기만 하던 바다, 그보다도
젊음이란 더욱 더 답답하던 것.

한없이 더워 있다 한없이 식어 가는
피 비린 종언終焉처럼
나는 오늘 하루 풋물 같은 것에라도 젖어 있어야 한다.

Ⅲ
바람이여,

풀섶을 가던, 그리고 때로는 저기 북녘의 검은 산맥을 넘나들던
그 무형無形한 것이여.
너는 언제나 내가 이렇게 한낱 나뭇가지처럼 굳어 있을 땐
와 흔들며 애무했거니,

나의 그 풋풋한 것이여.
불어다오,
저 이름없는 풀꽃들을 향한 나의 사랑이
아직은 이렇게 가시지 않았을 때
다시 한번 불어다오. 바람이여,

아, 사랑이여.

"풀잎은 퍽도 아름다운 이름을 가졌어요"로 시작하는 시를 기억하실 거예요. 시인 박성룡을 저는 '풀잎의 시인'이라 기억합니다. 풀잎 풀잎 자꾸 부르면 우리 몸과 마음도 어느덧 푸른 풀잎이 된다고 하던… 풀이 아니라 풀잎! 그리고 여기, 그 청신한 풀잎의 감각을 '풋물 같은 것'으로 펼쳐놓고 우리 몸 어딘가 작은 일부라도 풋물에 적셔두고 살자는 '풀잎 마음'을 전합니다. 동시처럼 해맑은 시「풀잎」의 어른 버전, 혹은 클래식 버전이라고 할까요. 시는 기본적으로 아날로그의 영혼을 가진 장르입니다만, 오래된 시인들이 보여주는 고품격 아날로그의 타전에 숙연해지는 때 많습니다. "모진 돌 틈에 비벼 피는 풀꽃"의 마음을 생각합니다. 나를 흔들어주는 바람에 감사합니다. 그래요 우리, 흔들리면서, "풋물 같은 것에라도 젖어 있어야" 합니다. 사랑의 몫이 그러하듯이. 교외— 그 푸른 틈처럼.

시
그
리
고

이
야
기

닭의 하안거 夏安居

고진하

오뉴월 염천에 우리 집 암탉 두 마리가 알을 품었다

한 둥우리 속에 두 마리가 알도 없는데

낳는 족족 다 꺼내 먹어버려 알도 없는데

없는 알을 품고

없는 알을 요리조리 굴리며

이 무더위를 견디느라 헉헉거린다

닭대가리!

아무리 그래도 그렇게 부르진 말아다오

시인인 나도 더러는

뾰족한 착상의 알도 없으면서

없는 알을 품고

없는 알을 요리조리 굴리며

뭘 좀 낳으려고 끙끙거릴 때가 있나니

닭대가리!

제발 그렇게 부르진 말아다오

그러고 싶어 그러고 싶어 꼭 그러는 게 아니니!

안거는 출가한 수행자가 일정 기간 외출하지 않고 한군데 머물며 독하게 공부에 정진하는 기간과 행위를 말하지요. 한국에선 보통 하안거, 동안거를 합니다만, 일상의 모든 시간과 장소가 실은 안거의 장이기도 한 거겠지요. 스스로 깨어있는 정신이 안거에 있어 가장 중요한 일이겠는데요. 여기, 닭들의 일상에서 수행의 삶을 보는 시인의 안목이 있습니다. 인간에게 알을 빼앗기고 없는 알을 열심히 품는 닭의 행위가 '닭대가리'라는 말로 간단히 비하될 성질의 것인가요, 라고 시인은 너무 무겁지 않은 퍽 유쾌한 자세로 우리에게 질문합니다. 어리석은 듯 보이는 닭과 시인은 실은 한통속. 시인이 낮아지는 게 아니라 닭이 귀해지는 방식으로 지상의 생명들의 수평적 가치를 구현하고 싶은 시인의 마음. 그래요, '닭대가리'라는 말은 쓰지 않아야겠어요. 그러고 보니 엊그제가 말복이었군요. 여름내 기운 없는 인간들의 보양을 위해 살신해준 닭들이여 고맙습니다.

시
그리고
이야기

산다는 것과 아름다운 것과
　　　사랑 한다는 것과의 노래가
한창인 때에 나는 도랑과
　　나뭇가지에 앉은 한 마리 새

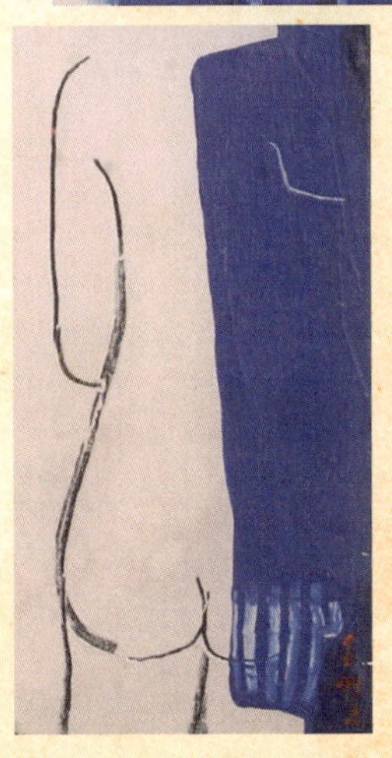

추석 무렵

김남주

반짝반짝 하늘이 눈을 뜨기 시작하는 초저녁
나는 자식놈을 데불고 고향의 들길을 걷고 있었다.

아빠 아빠 우리는 고추로 쉬하는데 여자들은 엉덩이로 하지?

이제 갓 네 살 먹은 아이가 하는 말을 어이없이 듣고 나서
나는 야릇한 예감이 들어 주위를 한번 쓰윽 훑어보았다. 저만큼 고추밭에서
아낙 셋이 하얗게 엉덩이를 까놓고 천연스럽게 뒤를 보고 있었다.

무슨 생각이 들어서 그랬는지
산마루에 걸린 초승달이 입이 귀밑까지 째지도록 웃고 있었다.

김남주 시인이 세상을 떠나던 날을 기억합니다. 추운 겨울날이었습니다. 빈소에 많은 사람들이 모여 먼저 간 그를 위해 잔을 채우고 비웠습니다. 꽃 한 송이 드리고 향 하나를 사르고 추운 길을 걸어 집으로 돌아오면서 제 귀에 사무쳐온 것은 「이 가을에 나는」, 「추석 무렵」 같은 시들이었습니다. 사람들 사이에 더 많이 읽히던 시는 「조국은 하나다」 같은 전율이 이는 투쟁의 시들이었지만. 시인이 온몸과 온 마음을 바쳐 시대의 불의에 저항해 싸울 수 있었던 것은 어머니대지에 대한 극진함과 사람살이의 소소한 행복에 민감한 따뜻한 서정이 있었던 때문입니다. 가열찬 전사의 시와 들판을 걷는 서정의 시가 둘이 아니었던 거예요. 지극한 마음이면 무엇을 노래하든 통하는 거니까요. 추석 무렵, 그가 꼭 저러한 풍경으로 고향 해남 들판을 아들아이 손을 잡고 걷고 있을 것만 같습니다. 초승달이 자라 둥실한 보름달로 뜨는 원초적인 풍요의 미감이 이토록 적절한 들녘 풍경과 만나 우리의 마음을 환하게 하는군요. 대지와 사람살이의 기본에 대한 소탈하고도 유쾌한 응시는 전사 김남주의 내면을 채우던 고향이었을 겁니다. 그가 삶 전체로 세상의 불의와 싸울 수밖에 없었던 것도 소박한 일상의 풍요와 행복이 착취당하는 현실이 아파서였을 테니까요. 이런 사소한 풍경들이 지켜져야 삶인 거 아니겠어요.

시
그리고
이야기

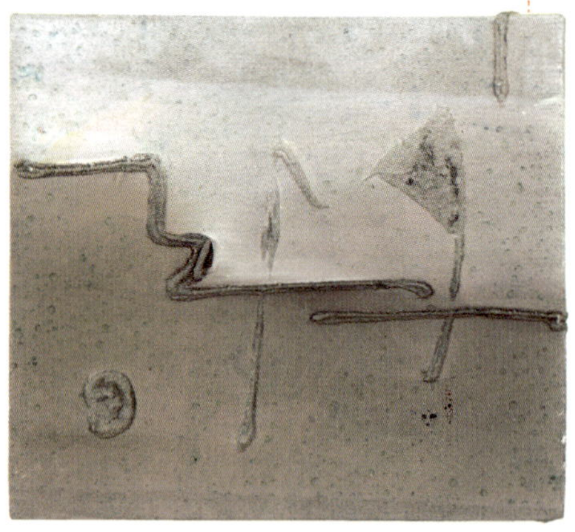

새벽편지

곽재구

새벽에 깨어나

반짝이는 별을 보고 있으면

이 세상 깊은 어디에 마르지 않는

사랑의 샘 하나 출렁이고 있을 것만 같다

고통과 쓰라림과 목마름의 정령들은 잠들고

눈시울이 붉어진 인간의 혼들만 깜박이는

아무도 모르는 고요한 그 시각에

아름다움은 새벽의 창을 열고

우리들 가슴의 깊숙한 뜨거움과 만난다

다시 고통하는 법을 익히기 시작해야겠다

이제 밝아올 아침의 자유로운 새소리를 듣기 위하여

따스한 햇살과 바람과 라일락 꽃향기를 맡기 위하여

진정으로 진정으로 너를 사랑한다는 한마디

새벽 편지를 쓰기 위하여

새벽에 깨어나

반짝이는 별을 보고 있으면

이 세상 깊은 어디에 마르지 않는

희망의 샘 하나 출렁이고 있을 것만 같다.

곽재구 시인의 마음의 본향은 자연입니다. 꽃, 별, 나무, 우주, 바
람…. 이런 단어들이 시인의 오장육부를 이루고 살과 피를 이룬 듯한
느낌이 듭니다. 인간도 자연인데, 우리는 우리의 '자연 됨'을 자주 잊
어버리고 살지요. 시를 통해 자연의 언어와 만나는 일은 스스로 자연
임을 잃어버린 우리의 감각을 깨우고 유지하는 데 중요합니다. 우주와
자연의 아름다운 비밀들을 품은 착한 언어들에 대하여 누군가는 이
렇게 말하기도 합니다. 세상이 이렇게 날카롭고 폭력적인데 둥글고 부
드럽고 착하기만 한 서정이 무슨 힘이 있을까요, 라고. 지상의 모든 시
인에게는 시인 각자마다의 몫이 있는 법. 누군가는 이런 서정을, 이 맑
음과 지극히 선한 언어의 투명을 지켜가야 하는 거지요. 세상의 포악
함을 몰라서 착한 것이 아닙니다. 세상이 포악할수록 더더욱 우리가
돌아갈 근원의 심성을 잃지 않기 위해 서정은 고통 속에 서 자신의 영
역을 지킵니다. 이 시의 중간쯤에 배꼽처럼 박혀있는 저 단어, '고통
하는 법'이라는 시어를 사랑합니다. 흔히들 '고통스럽다'라는 형용사
에 익숙한 고통이라는 말이 '고통하다'가 되는 순간 이 말은 동사가 됩
니다. 형용사보다 능동적으로 아프기 시작합니다. '고통하는' 순간 별
과 사랑과 새소리와 꽃향기가 '교통하'고 '소통하'며 강력한 지향을 만
듭니다. 고통하는 스스로를 거쳐 나온 사랑의 메시지를 세상의 벗들
과 함께하렵니다. 이 세상 깊은 어디에 마르지 않는 사랑과 희망의 샘

이 있음을 부디 더욱 강렬히 상상하시길. 이것은 우리의 영혼을 스스
로 지키는 지난한 싸움의 한 장면입니다.

시
그리고
이야기

벼

이성부

벼는 서로 어우러져
기대고 산다.
햇살 따가워질수록
깊이 익어 스스로를 아끼고
이웃들에게 저를 맡긴다.

서로가 서로의 몸을 묶어
더 튼튼해진 백성들을 보아라.
죄도 없이 죄지어서 더욱 불타는
마음들을 보아라 벼가 춤출 때,
벼는 소리없이 떠나간다.

벼는 가을 하늘에도
서러운 눈 씻어 맑게 다스릴 줄 알고
바람 한 점에도
제 몸의 노여움을 덮는다.
저의 가슴도 더운 줄을 안다.

벼가 떠나가며 바치는
이 넓디넓은 사랑,
쓰러지고 쓰러지고 다시 일어서서 드리는
이 피 묻은 그리움,
이 넉넉한 힘…….

쌀이 어디서 나오는지 모르는 아이들이 많다고 합니다. 벼가 자라는 논을 실제로 본 적 없는 아이들이라면 '벼는 서로 어우러져 기대고 산다'는 시행이 상상되지 않을 수도 있습니다. 아이쿠, 이런! 혹시라도 매일 먹는 밥이 어디서 오는지 모르는 아이가 있다면, 시험 공부보다 먼저 우리의 논을 보여주어야 하지 않을까요? 밥이 어디서 오는가. 이것을 헤아리는 일은 자신이 어디에서 왔는지를 묻는 일이고 삶의 근원을 튼튼하게 하는 일이니까요. 먹는 일을 살피는 일은 생명을 살피는 일이지요. 무심하게 먹는 밥 한 그릇이 오랜 시간, 정성, 자기 희생을 거쳐서야 비로소 우리의 밥상에 올라온다는 것을 이 시는 그윽한 뒷면으로 보여줍니다. 이 시는 7,80년대 민중시의 전통 속에서 자주 이야기됩니다. 그만큼 우직하고 고전적인데도 고답하지 않습니다. 단정하면서도 어딘지 활달한 힘이 있습니다. 이 힘은 어디서 오는 걸까. 시적 대상에 투사하는 시적화자의 애정과 신뢰로부터 오는 것 같습니다. 그 애정과 신뢰로 인해 '벼의 생애'는 우리 인생의 단면으로 자연스럽게 옮아옵니다. '벼가 기대어 산다', 라고 할 때 그렇지, 우리도 기대어 살지! 싶어지고 "바람 한 점에도/제 몸의 노여움을 덮는다"라고 쓸 때 그렇지, 인생이 통상 그러하지! 생각하게 됩니다. "서로가 서로의 몸을 묶어/더 튼튼해진 백성들을 보아라."를 읽는데 눈시울이 시큰합니다. 지난 여름도 참으로 더

왔니다. 그 더위 속에서 서로의 몸을 묶어 '함께 사는 세상'의 아름다움을 증언해준 사람들이 있었지요. "벼가 떠나가며 바치는/이 넓디넓은 사랑"에 대해 묵상합니다. 그 진하디 진한 그리움에 대하여.

시 그리고 이야기

새

천상병

외롭게 살다 외롭게 죽을
내 영혼의 빈 터에
새날이 와, 새가 울고 꽃잎 필 때는,
내가 죽는 날
그 다음 날.

산다는 것과
아름다운 것과
사랑한다는 것과의 노래가
한창인 때에
나는 도랑과 나뭇가지에 앉은
한 마리 새

정감에 그득 찬 계절,
슬픔과 기쁨의 주일週日,
알고 모르고 잊고 하는 사이에
새여 너는
낡은 목청을 뽑아라.

살아서
좋은 일도 있었다고
나쁜 일도 있었다고
그렇게 우는 한 마리 새.

시월의 마지막 날, 조금쯤 쓸쓸하고 까마득한 하늘은 깊어 오늘은 「새」를 읽습니다. 이 시는 연두가 어여쁜 봄날에 쓰였을 것 같은데, 한 사람의 독자로 이 시를 떠올릴 때는 주로 가을입니다. 왜일까요. 태어난 모든 인간의 운명인 죽음이 그려져있기 때문일까요. 한 마리 새가 노래하는 깨끗한 소멸의 이미지 때문일까요. 적당히 낙엽 구르는 가을날의 낭송이 좋습니다. 너무 낭랑하게도 아니고 아주 소리 없게도 아니고 입술과 혀를 조금씩만 달싹여 보일듯 말듯하게 시를 읽습니다. 천천히 세 번쯤 읽습니다. 그러면 음악이 들립니다. 새소리가 들립니다. 으응, 뭐 그렇지, 살아서 좋은 일도 있었고 살아서 나쁜 일도 있었어, 아무튼 이제는 나 하늘로 돌아가⋯ 새가 돌아가는 곳은 하늘이니 자연스럽게 시인의 대표시 '귀천'과 오버랩 됩니다. "나 하늘로 돌아가리라/아름다운 이 세상 소풍 끝내는 날,/가서, 아름다웠더라고 말하리라"라고 말이지요. 욕심 없는 한 마리 작은 새 같던 천상병 시인은 1967년 동백림 사건이라는 조작된 간첩 사건에 연루되어 옥고를 치르고 풀려난 적이 있습니다. 지독했던 고문의 후유증과 영양실조로 거리에서 쓰러져 행려병자로 서울시립 정신병원에 입원하기도 하였지요. 그렇게 유신독재가 짓밟아놓은 문인 중 한 사람이었습니다. 그가 정신병원에 있는 사이에 유고시집 『새』가 발간되었답니다. 지인들은 사라진 그가 죽은 줄 알았던 거지요. 그렇게 천상병 시인은 살아서 유고시집이 발표된 희한한 이력을 가지게 되었답니다. 포악한 정치가 짓밟아 놓은 시인이었으나, 시인이었으므로 그는 결국 새장을 열고 날아오르며 노래합니다. 응, 좋은 일도 있었고, 나쁜 일도 있었어. 그래도 생은 아름다운 소풍이었어.

시
그
리
고
이
야
기

월훈

박용래

첩첩 산중에도 없는 마을이 여긴 있습니다. 잎 진 사잇길, 저 모래 뚝, 그 너머 강기슭에서도 보이진 않습니다. 허방다리 들어내면 보이는 마을.

갱坑 속 같은 마을. 꼴깍, 해가, 노루꼬리 해가 지면 집집마다 봉당에 불을 켜지요. 콩깍지, 콩깍지처럼 후미진 외딴집, 외딴집에도 불빛은 앉아 이슥토록 창문은 모과木瓜 빛입니다.

기인 밤입니다. 외딴집 노인은 홀로 잠이 깨어 출출한 나머지 무우를 깎기도 하고 고구마를 깎다, 문득 바람도 없는데 시나브로 풀려 풀려내리는 짚단, 짚오라기의 설레임을 듣습니다. 귀를 모으고 듣지요. 후루룩 후루룩 처마깃에 나래 묻는 이름 모를 새, 새들의 온기를 생각합니다. 숨을 죽이고 생각하지요.

참 오래오래, 노인의 자리맡에 받은 기침소리도 없을 양이면 벽 속에서 겨울 귀뚜라미는 울지요. 떼를 지어 웁니다. 벽이 무너지라고 웁니다.

어느덧 밖에는 눈발이라도 치는지, 펄펄 함박눈이라도 흩날리는지, 창호지 문살에 돋는 월훈月暈.

박용래 시인의 '강아지풀'을 기억하시나요? "다 두고 이슬단지만 들고간다 (…) 녹물이 든 오요요 강아지풀"로 끝나는 애잔하고 슬픈 시. 산책 중에 강아지풀을 보게 되면 "오요요"라고 말해보게 됩니다. '강아지풀'과 함께 제가 사랑한 시입니다. '월훈'은 달무리라는 뜻이지만, 뜻을 몰랐다 해도 상관없습니다. 한겨울 외딴 마을 고독한 노인의 저녁 즈음. 시인이 펼쳐놓는 단어들을 구절구절 귀 기울여 따라가다 보면, 말이 가진 아름다움이란 게 풍경을 고독히 오래 들여다본 이의 세심한 필사에 다름아니구나, 생각하게 됩니다. 우리는 얼마나 자주 풍경을 낭비하며 사는가, 생각하게도 됩니다. "첩첩 산중에도 없는 마을이 여긴 있"다고 할 때 '여기'는 어디일까요. 거기는 아마도 시인의 마음속. 오랜 옛날이야기가 살아있는 따뜻하고 고독한 마음 저 깊은 곳의 마을. 2연과 3연을 거듭 읽어봅니다. 적절한 쉼표와 반복이 만드는 가없는 음악. 직설로 말하면 '독거노인'의 처량이 되겠으나, 시어의 가없는 음악 속에 독거하는 노인은 존재의 고독이 가진 어떤 품위랄지, 신비랄지 하는 것을 불러일으킵니다. 애잔하고 따스한 이런 환상성이 때로 저를 위로합니다. 오요요— 위로합니다.

시
그
리
고
이
야
기

겨울숲을 바라보며

오규원

겨울숲을 바라보며
완전히 벗어버린
이 스산한 그러나 느닷없이 죄를 얻어
우리를 아름답게 하는 겨울의
한 순간을 들판에서 만난다.

누구나 함부로 벗어버릴 수 있는 것은 아니다.
더욱 누구나 함부로 완전히
벗어버릴 수 없는
이 처참한 선택을

겨울숲을 바라보며, 벗어버린 나무들을 보며, 나는
이곳에서 인간이기 때문에
한 벌의 죄를 더 얻는다.

한 벌의 죄를 더 겹쳐 입고
겨울의 들판에 선 나는
종일 죄, 죄, 죄 하며 내리는

눈보라 속에 놓인다.

"죄, 죄 하며 내리는 눈보라"를 만난 적 있나요. 세상의 모든 자기계발서들이 세뇌하듯 한목소리로 '긍정의 힘'을 말하는 시절입니다만, '습관적 긍정'은 오히려 앞으로 나아가려는 인간에게 해가 되지 않을까요. 거짓 긍정은 우리를 근본적으로 변화시키는 힘이 되지 못하고 진짜 긍정은 오히려, 벌거벗은 가장 낮은 마음의 참회로부터 비롯하는 것일 테니까요. 자신이 가진 모든 것을 완전히 벗어버린 겨울나무들. 그 정결한 무욕함으로부터 더불어 아름다워지는 생명의 세상이 출현하지요. 모든 치장을 다 버린 겨울숲 앞에 부끄러워지는 순간입니다. 가진 것을 완전히 벗어버리지 못하는 인간이 눈 내리는 겨울 숲 앞에서 '한 벌의 죄'를 껴입고 무릎 꿇습니다. 바닥에서 넘어진 자 바닥을 짚고 일어서라. 당신의 목소리가 들립니다. 우리의 바닥은 진심을 다한 참회로부터….

시 그리고 이야기

서정의 장소

장이지

그것은 수구초심의 장소이기도 합니다.

껍데리된 늙은 여우가

짓무른 눈으로 가시밭길을 더듬어

난 곳을 찾아가는 것은

향수 그 이상의 마음입니다.

어미의 털이, 형제의 털이 아직 남아 있는 굴,

시르죽은 여우가 거기서 몸을 말고 누워

죽는 것은, 깨어나지 않는 것은

그곳이 태아의 잠으로 이어진 곳인 때문입니다.

산다는 것이 무엇인지 아직 몰라서

천지간에 살아보기로 한

태아의 기억으로 가서

이제 살아보았으니까

비록 모두의 답은 아니고 '나'만의 이야기겠지만

그 대답을 하러 가기 위해

여우는 발이 부르트게 걸었을 것입니다.

숨을 잃은 털 위로

희미한 빛과 바람의 화학이 내려앉고

그래도 잊지 못하는 마음이
무슨 일이 있어도 다시 만나야 하는
일생의 사건사고를 향해
삼원색 프리즘의 날개를 펼 때
문득 바라본 저녁 하늘의 붉은빛과
쉼도 없이 흐르는 검푸른 강,
초록빛 꿈을 꾸고 있는 숲.
정념과 회한과 꿈이 아직 끝난 것이 아니라
거기 보태어져 더 아름다워지는
필생畢生의 마지막이 있음을
여우의 마음은 알았을 것입니다.
마지막의 마지막이 있음을.

수구초심이라는 말을 쓸 때엔 언제나 인간만 생각했지요. 이 사자성어가 생겨난 어원에 대해 문득 생각해봅니다. 짓무른 눈으로 가시밭길을 헤쳐 자기가 태어난 곳을 찾아가는 여우의 마음을. 아무리 나이 먹어도 어미와 형제의 털이 남아 뒹구는 생의 첫자리의 온기를 잊지 못하는 것이 삶인지도 모릅니다. 아무리 많이 배우고 많이 가지고 세상 좋다는 것 다 누리고 살아도 우리는 결국 맨몸으로 돌아갑니다. 태어날 때처럼 맨몸으로 돌아가는 우리에겐 누구나 '서정의 장소'가 몸 속 깊은 곳에 아로새겨져 있는 게 아닐까요. "산다는 것이 무엇인지 아직 몰라서/천지간에 살아보기로 한/태아의 기억" 이런 대목을 만나면 오래도록 가슴이 찌르르 합니다. 살아보니 삶이 이러합디다, 말해주고 싶어 발이 부르트도록 걷는 여우의 발자국을 생각해보는 날입니다. 발목이 시도록 열심히 살고, 그리하여 맨몸으로 돌아갈 우리여. '서정의 장소'를 잃어버리지 않고 살았으면 좋겠습니다.

시
그리고
이야기

④ 밥 한 그릇 끓이는 촛불에 대하여

사 회 라 는   공 동 체

히브리전서傳書

고정희

   한 사나이가 언덕을 오르고 있었습니다. 한 사나이가 언덕을 오
르고 한 사나이의 이마에 두 줄기 핏방울이 흐르고 있었습니다.
   한 사나이가 골고다 언덕을 오르고
   오르고 오르고 오르다 쓰러지고
   맨살의 등줄기에 매섭고 긴 채찍이
   수없이 내리치고 있었습니다.
   사나이는 쓰러지고
   불볕 같은 햇빛 아래 사내는 지쳐 쓰러지고
   갈릴리 해변은 한없이 적막한 바람에 뒤덮이고 아,

   한 사내가 골고다 언덕에 다시 쓰러지고 있었습니다. 목말라
비틀거리는 사내는 자기 키보다 더 큰 나무 십자가를 메고 골고
다로 골고다로 올라가고 있었습니다. 마리아, 그녀의 한恨에 절
은 눈물과 가슴을 외면한 채 주검보다 무거운 고독에 짓눌린 마
리아 그녀의 폭탄 같은 오열을 외면한 채 사나이는 먼 곳으로
가고 있었습니다.

   예수그리스도 그 사내는

대학을 다닌 적도 없습니다.
부귀를 누린 자도 아닙니다.
권력을 가진 적도 없습니다.
그럴싸한 명사를 만난 적도 없습니다.
가난한 거리와 버림받은 이웃과
냄새나는 유대의 거리 그 천한 백성들의
눈물과 한숨이 있었을 뿐입니다.
율법에 두 발 묶인 죄의 사슬로부터
무섭도록 외로운 삶의 멍에로부터
도망치고 싶을 뿐인 불쌍한 무리들,
동정받을 일밖에 없는 히브리의
단 하나 친구인 그리스도는
가진 것 없는 당신 주제에도 불구하고
끝없이 줘야만 했습니다.
처음엔 기적을, 그 다음엔 정신을
그 다음엔 영혼을, 그 다음엔 그의 전 생애와 주검까지도
죄 많은 유대에게 넘겨줘야 했습니다.
그리고 마지막엔 부활까지라도 그

찢어지게 가난한 히브리에게
무더기로 넘겨준 사내, 멋진 사내 예수.
그는 공부를 많이 한 적도 없습니다.
세도의 가문은 더욱 아니고
오직 별볼일 없는 갈릴리 어촌의 목수였습니다.

마지막까지 세상 죄 다 짊어지고
피 한 방울 남김없이 다 쏟아 버린
그 사내가 성금요일 오후 세시
마지막 숨을 거둘 때
성당의 휘장이 갈라지고,
그를 본 영혼들은 한꺼번에 쩍,
금이 가고 있었습니다.

◦ 고정희, 그녀는 저의 왼쪽 가슴을 이루는 제가 사랑한 많은 여자들 중 큰언니 뻘에 해당합니다. 그녀의 이름을 가만히 다시 부르는 것만으로도 통증이 옵니다. 당당한 전사이자 가장 섬세한 여자인 그녀를 사랑했어요. 1983년에 초판이 나온 시집에 들어있는 이 시를 30년 후에 읽으면서 마음이 서늘합니다. 예수는 대학에 다니지 않았지만, 예수를 믿는 사람들은 좋은 대학에 자녀를 보내기 위해 밤낮없이 그에게 기도를 계속하고 있지요. 예수는 부귀를 누리지 않았지만 예수를 믿는 사람들은 부귀를 누리게 해달라고 이 순간에도 그에게 매달려 부르짖기를 계속하고 있지요. 예수가 전한 사랑은 어디에 있는지. 오늘날 예수는 정말 누구인지. 십자가에서 피 흘리고 못 박힌 예수는 온 데 간 데 없고 세상에서 온갖 부귀영화 누리는 예수가 판치는 이 시절, 사라져버린 참된 교회들을 찾으며, 여전히 울고 있을 고정희가 사무칩니다. 그립고 아픕니다.

시
그리고
이야기

아파트인

신용목

천 년 뒤에 이곳은 성지가 될 것이다

아파트

이 장엄한 유적에 눕기 위해

고된 노동과

아픈 멸시를 견뎠노라고

어느 후손은 수위실 앞에서 안내판을 읽을 것이다

관광 책자에 찍혀 있을 나의

유골을 구겨 쥐고

관리비 내러 갔던 관리소

종교인들이 층층이 잠들었다는 로마의 카타콤

성스럽게 북벽을 차지하고 걸린 사진처럼

하루는 아침 변기에 앉아

몇 미터 높이와 몇 미터 간격으로

차곡차곡 손을 늘어뜨리고 볼일을 보고 있을

아파트 주민들을 생각했다

박해의 축복처럼 뿌려지는 태양 가루

돌의 사막을 나서는 숫낙타의 갈라진 발톱과

마른 혓바닥을 닮은 여인의 얼굴

모래알을 씹는 아이들이 몸마다 칸칸이
멸망을 분양하고 사는 카타콤에 밤이 온다
구름과 구름 사이에 만찬이 차려지고
간곡함을 거룩함으로 옮겨놓는 시간의 낱장들이
창문마다 아름답게 내걸린다 이대로
한 시대가 끝난다면
나는 순교자가 될 것이다

"아파트인"— 이렇게 명명하고 보니 비애가 와락 달려드는 말의 마술. 그렇지요. 전국 방방곡곡 처처에 가득한 아파트 단지들을 보며 저도 같은 상념에 잠깁니다. 전국의 산야를 밀어내며 들어서는 아파트와 아스팔트의 밀림은 아주 오랜 시간이 지난 후 유적이 될는지 모르죠. 그때 미래인들은 이 아파트 유적을 어떻게 평가할까요. 앙코르와트는 아름다운 조각상들을 남기고 마야, 잉카의 유적들은 정교한 건축의 미스터리를 남겼지만 심미적 진화를 전혀 이루지 못한 직사각형 콘크리트 더미들을 발견한 미래인은 갸우뚱할지도 모릅니다. 이 시대가 끝나고 아파트인이 되기 위해 받았던 온갖 멸시와 고된 노동이 역사에 기록되는 것을 상상해봅니다. 죽어서도 시멘트 냄새가 나는 불가사의한 아파트인으로 기록될 불우에 대해서도. 다음 세대에 아파트 입주권을 남기고 순교한 성자에 대해서도.

시
그
리
고
이
야
기

양

오장환

양아 어린 양아
조이를 주마.
어째서 너마저
울안에 사는지.

양아 어린 양아
보드라운 네 털
구름과 같구나.
잔디도 없는
쓸쓸한 목책 안에서
양아 어린 양아
너는 무엇을 생각하느냐.

양아 어린 양아
조이를 주마.
보낼 곳 없이
그냥 그리움에 내어친 사연

양아 어린양아
샘물같이 맑은 눈
포도알 모양 초롱초롱한 눈으로
나 좀 보아라
가냑한 목책에 기대어 서서
양아 어린 양아
나마저 무엇을 생각하느냐.

○ 일제 식민지 시대 문인들 중 오장환을 생각할 때면 저는 그의 시 「병든 서울」과 「양」이 동시에 떠오릅니다. "병든 서울, 아름다운, 그리고 미칠 것 같은 나의 서울아"라고 토로하는 청년 문사의 탄식에 가슴 밑바닥이 쐐하게 울려옵니다. 70년도 더 전의 저 탄식을 오늘 이 자리에서 다시 읊조립니다. 어쩌나요. 아직도 우리의 서울은 "병든 서울, 아름다운, 미칠 것 같은 서울"입니다.

쐐한 마음이 아려서 저는 얼른 다시 읊조려봅니다. "양아 어린 양아/ 조이를 주마" 비분에 탄식하던 청년은 어느새 양을 돌보는 선한 목동의 모자를 쓰고 가녀린 울타리(가냑한 목책)에 기대어있습니다. 여전히 비애의 정조가 흐릅니다만, 양을 부르는 목소리는 한결 차분해져 있습니다. "조이를 주마"라고 할 때 '조이'는 '종이'인데, 제 할머니는 종이를 '조우'라고 발음하곤 했지요. 표준어로 바꿔 종이라고 옮기는 것보다 원문 그대로 조이라고 쓰는 게 훨씬 어울립니다. 양에게 주는 종이 위에 왠지 시인이 쓴 시가 적혀있을 것 같은 느낌도 듭니다.

울안에 갇혀 사는 양을 연민하는 시인의 시선은 식민지에 사는 청년의 비애에 연결되는데 단순하게 반복되는 리듬 속에서 차분하게 가라앉은 슬픔이 흐르다가 마지막 행에 이르면 읽는 이의 정신을 버쩍 들게 합니다. "나마저 무엇을 생각하느냐" 학생은 시험에 갇히고 어른은 돈에, 외모에, 학벌에 갇히고 국가는 약자를 보호하지 않는 법에 갇히고….

일제 식민지는 오래전 일이지만 아직도 일상의 곳곳에 우리의 영혼을
가두려는 식민지들이 흔하다는 생각이 화들짝 머리를 칩니다. 식민지
에 갇혀 살아서는 안 되겠습니다. 나마저 무엇을 생각하느냐! 아, 정신
바짝 차리고 살아야겠습니다.

시
그리고
이야기

누군가 나에게 물었다

김종삼

누군가 나에게 물었다. 시가 뭐냐고
나는 시인이 못됨으로 잘 모른다고 대답하였다.
무교동과 종로와 명동과 남산과
서울역 앞을 걸었다.
저녁녘 남대문 시장 안에서
빈대떡을 먹을 때 생각나고 있었다.
그런 사람들이
엄청난 고생 되어도
순하고 명랑하고 맘 좋고 인정이
있으므로 슬기롭게 사는 사람들이
그런 사람들이
이 세상에서 알파이고
고귀한 인류이고
영원한 광명이고
다름 아닌 시인이라고.

김종삼 시인의 시들은 대부분 짧고, 마치 아픈 아이가 말하는 듯 어눌합니다. 조금 말하고 한참 쉽니다. 27세에 월남해 평생 가난 속에서 '북치는 소년'처럼 산 시인 김종삼. 가난하였음에도 그의 가난이 구차해 보이지 않는 것은, 흔히 김종삼을 보헤미안과 연결시키듯이 술과 예술 특히나 고전음악을 평생 즐긴 시인이었기 때문일까요. 그는 스스로의 시를 시가 아니라고도 하고 자신은 시인이 아니라고도 말합니다. 제가 너무나 사랑하는 그의 짧은 시 「묵화墨畵」를 옮겨봅니다. "물 먹는 소 목덜미에/할머니 손이 얹혀졌다./이 하루도 함께 지났다고,/서로 발잔등이 부었다고/서로 적막하다고." 단순하면서도 사람 마음을 찌르르 울리는, 이런 시 몇 편 꼭 써보고 싶습니다. 일일이 옮겨드리지 못해 안타까운 「북치는 소년」, 「민간인」, 「장편2」, 「올페」 등도 꼭 챙겨 읽으셨으면 좋겠습니다. 모두 짧은 시들인데 마음에 바람구멍을 내듯 휘이잉 무언가 깊이 지나가는 느낌을 받을 수 있습니다. 그 충만한 여백 속에 서성이다 보면 어느새 당신은 시인입니다.

오늘 하루도 평범하고 소박한 소망을 가지고 맘 좋고 명랑하게 인정을 품고 산 우리여, 앞서 산 한 아름다운 시인이 우리를 일컬어 시인이라 하는군요. 남대문 시장통 빈대떡 만들어 파는 아주머니가 시인이고, 분주하게 일상을 살면서도 사람 사는 세상의 인정을 잃지 않고 사는 모든 필부들이 '세상의 알파'라 하는군요.

친구여, 곰곰 생각해보세요.

세상의 광명은 저 높은 엘리트의 마을에 있지 않습니다. 나지막한 곳
에서 따뜻함을 잃지 않는 우리들이 '세상의 알파'입니다.

시
그리고
이야기

어느날 고궁을 나오면서

김수영

왜 나는 조그마한 일에만 분개하는가
저 왕궁 대신에 왕궁의 음탕 대신에
50원짜리 갈비가 기름덩이만 나왔다고 분개하고
옹졸하게 분개하고 설렁탕집 돼지 같은 주인년에게 욕을 하고
옹졸하게 욕을 하고

한번 정정당당하게
붙잡혀간 소설가를 위해서
언론의 자유를 요구하고 월남파병에 반대하는
자유를 이행하지 못하고
20원을 받으러 세 번씩 네 번씩
찾아오는 야경꾼들만 증오하고 있는가

옹졸한 나의 전통은 유구하고 이제 내 앞에 정서情緖로
가로 놓여 있다
이를테면 이런 일이 있었다.
부산에 포로수용소의 제14야전병원에 있을 때
정보원이 너스들과 스펀지를 만들고 거즈를

개키고 있는 나를 보고 포로경찰이 되지 않는다고
남자가 뭐 이런 일을 하고 있느냐고 놀린 일이 있었다
너스들 옆에서

지금도 내가 반항하고 있는 것은 이 스펀지 만들기와
거즈 접고 있는 일과 조금도 다름없다
개의 울음소리를 듣고 그 비명에 지고
머리에 피도 안 마른 애놈의 투정에 진다
떨어지는 은행나무잎도 내가 밟고 가는 가시밭

아무래도 나는 비켜서 있다 절정 위에는 서 있지
않고 암만해도 조금쯤 옆으로 비켜서 있다
그리고 조금쯤 옆에 서 있는 것이 조금쯤
비겁한 것이라고 알고 있다!

그러니까 이렇게 옹졸하게 반항한다
이발쟁이에게
땅주인에게는 못하고 이발쟁이에게

구청 직원에게는 못하고 동회 직원에게도 못하고
야경꾼에게 20원 때문에 10원 때문에 1원 때문에
우습지 않으냐 1원 때문에

모래야 나는 얼마큼 작으냐
바람아 먼지야 풀아 나는 얼마큼 작으냐
정말 얼마큼 작으냐……

○ 항상 절정 위에 있을 수는 없는 노릇입니다만, 나의 일상이 정면에서 너무 비껴나 있다는 생각이 불현듯 들이닥칠 때 이 시를 읽습니다. 김수영 시인이 살아있다면, 첫 연의 4행을 조금 고쳐달라고 청하고 싶지만 ("설렁탕집 주인에게 욕을 하고" 정도로 말이죠), 그는 이미 없으니 어쩔 수 없네요. 첫 연의 4행이 마음에 몹시 걸리지만 그래도 이 시의 놀라운 정직함을 좋아합니다. 후대의 시인으로서 김수영 시인에게서 배운 가장 큰 것이라면 문학하는 사람으로서 삶에 대해 가져야 할 정직함과 번민의 자세입니다. 이 시는 1960년 4.19혁명 이후 들이닥친 1961년 5.16 군사쿠테타, 그 반혁명의 시절을 살아내는 소시민으로서의 자신에 대해 회초리를 들고 있습니다. 제가 느끼기에 시인으로서의 김수영이 가장 아름다운 때는 자유를 향한 지칠 줄 모르는 갈망과 일상에 대한 냉혹한 반성이 만날 때입니다. 그리하여 "욕망이여 입을 열어라 그 속에서/사랑을 발견하겠다"(「사랑의 변주곡」 첫 부분)고 열기 어린 사랑의 지향을 노래할 때입니다. 60년대의 김수영이 거론하는 '비겁'의 목록을 2010년대의 '비겁'의 목록으로 바꾸어 읽어봅니다. 떠오르는 많은 괄호들이 저를 부끄럽게 합니다. 아, 모래야 나는 얼마큼 작으냐, 바람아 먼지야 풀아 나는 얼마큼 작으냐… 이 탄식이 하릴없는 자조로 침몰하지 않도록 정신 바짝 차리고 씩씩해져야겠습니다. 오, 자유! 오, 사랑!

시
그
리
고
이
야
기

어머니가 촛불로 밥을 지으신다

정재학

어머니가 촛불로 밥을 지으신다 비가 오기 시작하는데 어머니가 촛불로 밥을 지으신다 날도 어두워지기 시작하는데 어머니가 촛불로 밥을 지으신다 하늘이 죽어서 조금씩 가루가 떨어지는데 어머니가 촛불로 밥을 지으신다 나는 아직 내 이름조차 제대로 짓지 못했는데 어머니가 촛불로 밥을 지으신다 피뢰침 위에는 헐렁한 살 껍데기가 걸려 있는데 어머니가 촛불로 밥을 지으신다 암이 목구멍까지 올라왔는데 어머니가 촛불로 밥을 지으신다 맥박이 미친 듯이 뛰는데 어머니가 촛불로 밥을 지으신다 손톱이 빠지기 시작하는데 어머니가 촛불로 밥을 지으신다 누군가 나의 성기를 잘라버렸는데 어머니가 촛불로 밥을 지으신다 목에는 칼이 꽂혀서 안 빠지는데 어머니가 촛불로 밥을 지으신다 그 칼이 내장을 드러냈는데 어머니가 촛불로 밥을 지으신다 펄떡거리는 심장을 도려냈는데 어머니가 촛불로 밥을 지으신다 담벼락의 비가 마르기 시작하는데 어머니가 촛불로 밥을 지으신다

◦ 갈수록 우리는 어딘가 고장 나고 있는 것 같습니다. 문명은 발전하고 생활은 편리해져 간다는데 우리는 점점 더 외로워져가는 것 같습니다. 하늘이 죽어서 가루가 떨어지고 나는 아직 이름을 짓지 못했습니다. 나의 신체는 분해되어 도시 여기저기에 찢어져 걸렸습니다. 어머니가 우시네요. 아픈 나를 위해 어머니가 밥을 짓고 있습니다. 도저히 밥을 지을 수 없는 불로 밥을 짓고 있습니다. 촛불은 여린 불입니다. 어둠 속 하나의 촛불은 어둠에 자신을 완전히 잠식당하지 않을 만큼만 밝습니다. 간신히 자신의 발목을 밝힐 뿐인 촛불은 그러나 내부의 빛, 마음의 빛으로 부드럽게 스며옵니다. 빛과 어둠의 경계에서 간신히 빛 쪽에 몸을 붙여 촛불은 우리를 밝힙니다. 일상의 어둠에 끝내 굴복하지 않는 빛의 의지가 밥을 끓이고 있습니다. 아프고 아픈 어머니, 고맙습니다.

시
그리고
이야기

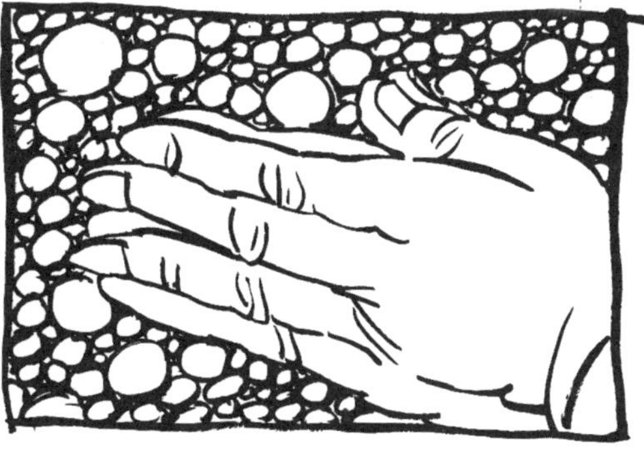

소녀의 꽃무늬 혁명

이기인

소녀는 조그만 꽃무늬 혁명을 하나 떠야 한다고 했지요
왼편의 대바늘과 오른편의 대바늘 사이에서 데굴데굴 굴러다
니는 붉은 실타래는 소녀의 혁명을 돕기로 했지요

아버지의 혁명은 아버지의 구식舊式 혁명으로 끝나버리고
한 코 한 코 풀어지면서 새로운 혁명을 끌어내야 한다고 털옷
은 어머니의 손에 이끌려 장롱 속에서 나왔죠

낡은 털실은 팽팽한 긴장감을 놓지 않으면서 혁명가를 계속
불렀지요
그 옆에서 소녀의 꽃무늬 혁명은 계속 줄기를 뻗어나갔지요

풀어진 아버지의 혁명은 새 혁명의 넝쿨로 이어졌죠
소녀의 꽃무늬 혁명이 성공을 거둔다면 이 겨울도 이젠 춥지
않을 거라 믿었죠

붉은 실타래의 아우성이 무릎 위에 놓여 있다 차가운 책상다
리 밑으로 또 기어들어갔죠

어두운 그곳에서 뭐해? 혁명을 꿈꾸는 실타래가 다시 뒹굴뒹
굴 실오라기 하나를 데리고 나왔죠

문득문득 소녀의 혁명이 모자라지 않나, 소 눈동자만해진 털
실을 바라보며 불안했죠
어서어서 꽃무늬 혁명을 하나 떠서, 추위에 떠는 당신께 가야
한다고 말했죠

○ '혁명'이라는 말을 꽁꽁 언 감옥에서 풀어주고 싶어요. 말의 혁명, 사랑의 혁명, 시선의 혁명을 쟁취하고 싶어요. 따스한 온기를 누릴 권리가 있는 삶에게 함부로 잊힌 권리장전을 낭랑한 목소리로 다시 읽어주고 싶어요. 일상의 모든 순간에 혁명의 열정과 발랄한 빛의 슬로건을 선물하고 싶어요. 정치혁명은 혁명의 시작일 뿐이거나 우리 삶을 이루는 삼각형의 한 꼭짓점 근처일 뿐, 두 개의 꼭짓점은 나와 당신에 의해 궁극적인 축배를 맞이할 거예요. 스스로를 구원하는 진짜 혁명에 대해 묻는, 그 모든 소소한 순간들에 대해 생각해요. 너무 큰 대의에 대해 당신이 열변을 토하시면 나는 추위에 떠는 당신에게 따뜻한 목도리를 짜 둘러주고 싶은 그저 자그마한 촛불 한 자루 같은 내 혁명에 대해 이야기해줄게요. 이 소박한 아름다운 시를 받는 그대여, 사랑하는 이를 따뜻이 돌보고 싶은 그 마음이 실은 혁명의 시작이자 끝 아니겠어요. 이런 젠장, 아무도 사랑하지 않는, 오직 자기 잇속만 생각하는 자들이 대의니 쇄신이니 개혁이니 자꾸 떠들어대니 말들이 자꾸 타락하잖아요.

시
그
리
고
이
야
기

등불을 밝혀 어둠을 조금 내몰고
시대처럼 올 아침을 기다리는 최후의 나
나는 나에게 작은 손을 내밀어
눈물과 위안으로 잡는 최초의 악수

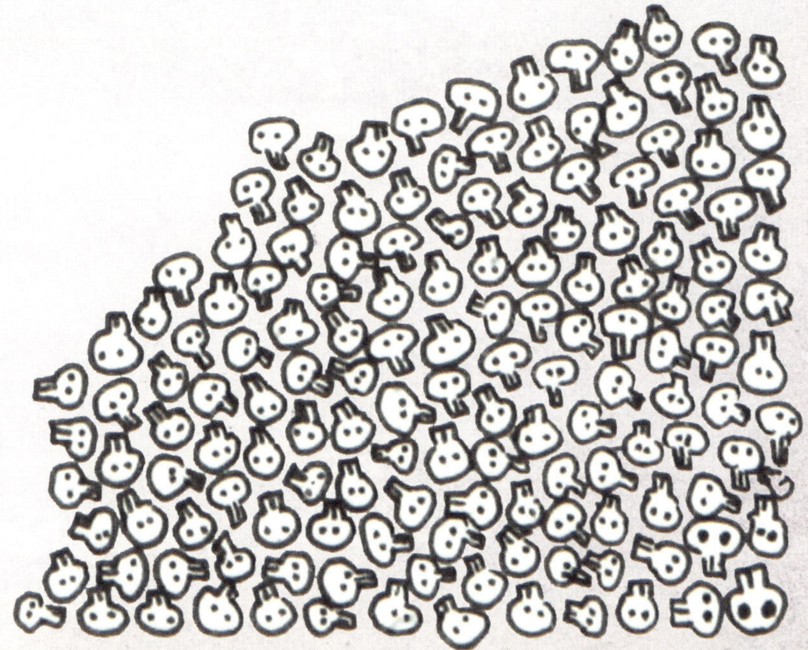

검은 TV와 신문의 날들

조동범

사무실을 나서는 남자의 어깨 위로

늙은 개와 썩은 생선 통조림으로 가득한 죽은 나무의 거리가
피어오른다.

남자는 가방을 든 채,

하수구를 향해 맹렬히 쏟아지는 썩은 생선을 바라보고 있다.

뻥 뚫린 생선의 주둥이는 죽은 나무의 가지에 걸려 몸속의 내
장을 게워내고 있다.

남자의 신발 속으로 생선의 내장이 비릿하게 들어선다.

남자의 가방은 썩은 생선의 대가리로 가득 찬다.

말라죽은 나무와 썩은 생선의 거리를 지나 남자는

검은 버스를 타고 검은 구두의 집으로 돌아간다. 집으로 돌아
가는 남자를 바라보며 늙은 개는 더러운 밤을 뒤적인다.

남자는 검은 전등을 켜고 검은 샤워를 하고 어둡고 오래된 냉
장고의 식욕 속으로 걸어들어간다. 남자의 식사가 검은 전등불
아래에서 검게 빛난다.

남자는 검은 커튼을 치고 검은 TV를 켠 채 오래되고 익숙한
검은 날의 밤을 맞이한다.

남자의 검은 밤이 무수히 지나갔다.

남자는 여전히 늙은개와 썩은 생선 통조림으로 가득한 거리
를 지나

검은 구두의 집으로 돌아갔다.

남자의 식탁은 어둡고 오래된 냉장고의 식욕으로 빛났지만 누
구도 검은 전등불 아래에서의 식사를 본 사람은 없었다.

남자의 검은 밤과 검은 낮이, 무수히 지나간다.

남자의 검은 TV는 언제나 켜 있고

검은 구두의 현관 앞은 검은 신문으로 넘쳐흐른다.

검은 신문에서 검은 활자가 쏟아졌지만 아무도 그것을 본 사
람은 없었다.

검은 현관이 열리는 것을 본 사람도 없었다. 썩은 생선이 담긴
남자의 가방이 검은 구두의 현관으로 들어서는 듯도 했지만 그
것의 냄새를 맡은 사람 역시 없었다.

검은 구두의 현관 너머에선 언제나

검은 TV의

검은 노래와

검은 코미디와

검은 쇼가

쉬지 않고 새어나왔다.

검은 TV와 신문이 도래한 날들이 시작되었다.

○ 새해가 시작되면 흔히 우리는 새로운 계획을 세우거나 결심을 합니다. 이루고 싶은 소소한 꿈들이 있고 그 꿈을 향해 이런 저런 계획을 세우지요. 그런데 일상의 속도는 검은 파도처럼 사정없이 덮쳐옵니다. 검은 컨베이어벨트에 태워진 채 우리는 눈코 뜰 새 없이 어디론가 가고 옵니다. 처음엔 내가 가고 옵니다. 그러다 점점 더… 가고 오는 게 누구인지 모르게 됩니다. '검은 TV와 신문의 날들'이 우리를 삼킵니다. 우리가 발명해낸 문명이 우리를 삼키고 마음, 몸, 영혼, 정신을 따로따로 분해하거나 아예 짓바수어 컨베이어벨트에 수북수북 싸질러놓습니다. 청신한 새아침의 결심은 한 달 만에 혹은 한 주일 만에 검은 TV 속으로 꿀꺽 삼켜집니다. 이것은 특별한 잔혹동화의 이야기가 아닙니다. 보통의 날들을 잡아먹은 검은 쇼의 커튼콜은 끝없이 반복 재생됩니다. 누가 저 검은 TV를 끌까요. 우선은 각자의 손끝에 달렸습니다.

시
그리
고
이야
기

무허가

송경동

용산4가 철거민 참사현장
점거해 들어온 빈집 구석에서 시를 쓴다
생각해보니 작년엔 가리봉동 기륭전자 앞
노상 컨테이너에서 무단으로 살았다
구로역 CC카메라탑을 점거하고
광장에서 불법 텐트 생활을 하기도 했다
국회의사당을 두 번이나 점거해
퇴거 불응으로 끌려나오기도 했다
전엔 대추리 빈집을 털어 살기도 했지
허가받을 수 없는 인생
그런 내 삶처럼
내 시도 영영 무허가였으면 좋겠다
누구나 들어와 살 수 있는
이 세상 전체가
무허가였으면 좋겠다

○ 2011년 한 해 우리 사회가 경험한 가장 아름다웠던 역사, 희망버스를 생각합니다. 희망버스는 평범한 보통 사람들의 사랑의 연대가 이루어낸 놀라운 기적이었습니다. "저기서 사람이 저렇게 죽어가는 것을 이토록 싸늘하게 방치하는 사회란 도대체 어떤 사회인가" 누군가 진심을 다해 울었고, 그 울음에 공명한 사람들이 "사람이 사람에게 어떻게 그래!" 하는 심정으로 기적을 함께 만들었습니다. 마음을 다해 처음 운 사람, 그는 시인이었고, 마음을 다해 울었다는 이유로, 그는 지금 차디찬 감옥에 있습니다.

이 땅 곳곳 부당하게 상처받은 아픈 싸움의 현장들에 늘 함께해온 송경동 시인의 목소리가 이 시에서도 생생합니다. 삶의 진정성이 시의 진정성으로 자연스럽게 전이되는 감동을 송경동의 시들은 꾸밈없이 전해줍니다. 너무 많이 가진 극소수 사람들의 탐심 때문에 대다수 사람들의 삶의 질이 자꾸만 곤두박질치고 파탄 나는 세상. 그래요, 누구나 들어와 살 수 있게 이 세상 전체가 모든 이들에게 '무허가'로 활짝 열려 있다면 얼마나 좋겠어요.

35미터 중천의 감옥에서 309일을 보내면서도 오히려 지상의 우리를 염려하며 매순간 위로와 유머와 따뜻한 포옹을 보내준 사람, 존중받는 노동의 창조에 대해 다시금 열렬히 생각하게 해준 김진숙씨가 송경동의 시를 읽는 이 순간, 그대여 우리 마음에 떠오르는 가장 값진 것으로 희망의 그물코 하나를 만드는 상상을 해봅니다. 법이 진정으로 약자와 민중의 편이면 좋겠습니다. 희망 없는 시대에 심장박동 생생한 희망을 만드는 일에 헌신한 것이 감옥행이 되는 한심한 나라, 온갖 범법자들이 권력의 핵심에서 활개 치며 사는데, 온몸으로 희망을 만든 이들이 왜 감옥에 있나요. 송경동 시인, 정진우 씨, 두 분을 어서 사랑하는 가족이 있는 곳으로 돌려보내 주십시오. 이 겨울이 다 가기 전에 제발! 제발 좀!!

시
그리고
이야기

눈물 머금은 신이 우리를 바라보신다

이진명

김노인은 64세, 중풍으로 누워 수년째 산소호흡기로 연명한
다
아내 박씨 62세, 방 하나 얻어 수년째 남편 병수발한다
문밖에 배달 우유가 쌓인 걸 이상히 여긴 이웃이 방문을 열
어본다
아내 박씨는 밥숟가락을 입에 문 채 죽어 있고,
김노인은 눈물을 머금은 채 아내 쪽을 바라보고 있다
구급차가 와서 두 노인을 실어간다
음식물에 기도가 막혀 질식사하는 광경을 목격하면서도
거동 못해 아내를 구하지 못한,
김노인은 병원으로 실려가는 도중 숨을 거둔다

아침신문이 턱하니 식탁에 뱉어버리고 싶은
지독한 죽음의 참상을 차렸다
나는 꼼짝없이 앉아 꾸역꾸역 그걸 씹어야 했다
씹다가 군소리도 싫어
썩어문드러질 숟가락 던지고 대단스러울 내일의
천국 내일의 어느날인가로 알아서 끌려갔다

알아서 끌려가
병자의 무거운 몸을 이리저리 들어 추슬러놓고
늦은 밥술을 떴다 밥술을 뜨다 기도가 막히고
밥숟가락이 입에 물린 채 죽어가는데
그런 나를 눈물 머금고 바라만 보는 그 누가
거동 못하는 그 누가

아, 눈물 머금은 신(神)이 나를, 우리를 바라보신다

○　이 시인은 고요합니다. 세상을 향해 큰 소리로 외치지 않습니다. 다만 고요히 웁니다. 고요한데 지극히 치열합니다. 고요하게 살피고 돌봅니다. 시를 통해 일상의 결을 다시 매만지며 냉담해져가는 우리 마음에 더운 불을 지핍니다. 우리를 곧추세우게도 하고 무릎 꿇게도 하는 일상의 풍경들을 시로 옮기면서 번민하는 시인의 고뇌가 고스란히 느껴집니다. 최소한의 사회안전망조차 사라진 이 벌거벗겨진 황량한 도시에서 극빈에 시달리는 사람들은 이렇게 날마다 사라져갑니다. 살아보려고 애쓰다 결국은 비참하게 죽어가는 사람들. 시인은 그들을 기억하고 곡비처럼 웁니다. 이 지극한 마음이 마지막으로 가닿은 곳은 이런 비극에 무력한 신에 대한 애도. "아, 눈물 머금은 신神이 나를, 우리를 바라보신다"라고 써야 하는 날들이 두렵습니다. 이제 긴 겨울의 막바지, 부디 모두 무사히 이 겨울을 나시길. 혹여 너무 참혹해진 이웃은 없는지 주위를 한번씩 돌아보았으면 싶습니다.

시
그리고
이야기

쉽게 씌어진 시

윤동주

창 밖에 밤비가 속살거려
육첩방六疊房은 남의 나라,

시인이란 슬픈 천명天命인 줄 알면서도
한 줄 시를 적어볼까.

땀내와 사랑내 포근히 품긴
보내주신 학비 봉투를 받아

대학 노-트를 끼고
늙은 교수의 강의 들으러 간다.

생각해 보면 어린 때 동무를
하나, 둘, 죄다 잃어버리고

나는 무얼 바라
나는 다만, 홀로 침전하는 것일까?

인생은 살기 어렵다는데
시가 이렇게 쉽게 씌어지는 것은
부끄러운 일이다.

육첩방六疊房은 남의 나라
창 밖에 밤비가 속살거리는데,

등불을 밝혀 어둠을 조금 내몰고,
시대처럼 올 아침을 기다리는 최후의 나,

나는 나에게 작은 손을 내밀어
눈물과 위안으로 잡는 최초의 악수.

o 이 시가 쓰여진 때는 1942년. 이때 윤동주는 동경 릿쿄대학 영문과에 다니고 있었습니다. 태평양전쟁을 일으킨 일본이 성전 승리를 외치며 전쟁에 미쳐있을 때였지요. 식민지의 청년으로 식민 통치국의 심장부에서 공부하고 있던 청년 윤동주의 고뇌와 번민이 이 시에도 고스란합니다.

"시인이란 슬픈 천명인 줄 알면서도/한 줄 시를 적어볼까"라는 유약해 보이는 문학청년의 언술은 뜻밖에도 "육첩방六疊房은 남의 나라"라는 단호한 자세를 포함하고 있습니다. 이 단호함은 일본식 다다미방인 육첩방에 자신의 몸과 정신을 길들이지 않겠다는, 스스로를 일깨우는 의지의 표현이기도 할 겁니다.

"인생은 살기 어렵다는데/시가 이렇게 쉽게 씌어지는 것은/부끄러운 일이다"라고 그가 스스로를 성찰할 때 그 성찰이 가닿은 저 아름다운 결구가 오늘 제 마음에 새롭게 사무칩니다. 그는 자신이 어둠을 '모두' 내몰 수 있다고 생각하지 않습니다. 그저 "조금 내몰고"라고 쓰고 있지요. 힘 있는 큰 손을 내민다고 쓰지도 않습니다. "작은 손을 내밀어"라고 쓰고 있지요. 세계의 광포함에 비하면 자신의 힘이 얼마나 연약한 것인지 그는 알고 있습니다. 연약하지만 '조금'이나마 세계의 어둠을 벗겨내고자 안간힘 씁니다.

윤동주의 시가 우리에게 감동을 주는 것은 그가 독립투사였기 때문이라기보다, 이처럼 여리고 연약한 개인이 끝끝내 지켜가려고 애쓴 자존의 품격 때문인지도 모릅니다.

이제 3월이 시작되면 학교들이 북적거리기 시작하겠네요. 오늘을 사는 청년들은 윤동주의 시대와는 다른 의미에서 역시 힘든 시대를 살고 있습니다. 살인적인 학비에 시달리며 졸업과 함께 빚쟁이가 되어야 하는 대다수 평범한 청년들의 고뇌, 스스로 행복해지는 공부를 위한 터전이 아니라 대학입시학원, 취업입시학원이 된 지 오래인 학교에 몸과 영혼을 구겨 넣어야 하는 청년들의 번민이 깊어가지만, 끝내 힘냈으면 좋겠습니다.

'조금씩' 어둠을 내몰고, 스스로에게 '작은 손을 내밀어' 부디 우리 최초의 악수를!

시
그
리
고
이
야
기

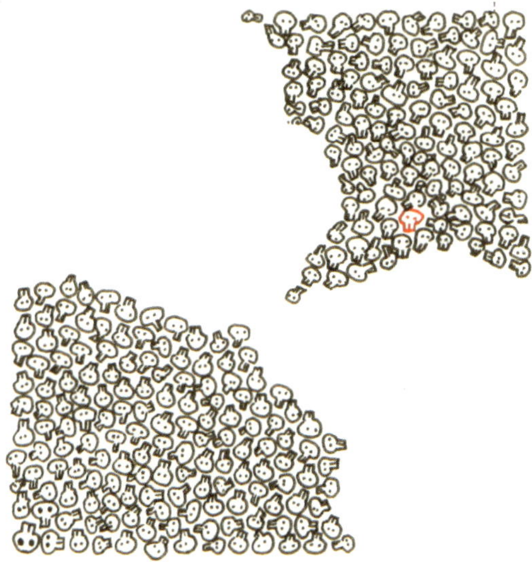

이 사진 앞에서

이승하

식사 감사의 기도를 드리는 교인을 향한

인류의 죄에서 눈 돌린 죄악을 향한

인류의 금세기 죄악을 향한

인류의 호의호식을 향한

인간의 증오심을 향한

우리를 향한

나를 향한

소말리아

한 어린이의

오체투지의 예가

나를 얼어붙게 했다

자정 넘어 취한 채 귀가하다

주택가 골목길에서 음식물을 게운

내가 우연히 펼친 〈TIME〉지의 사진

이 까만 생명 앞에서 나는 도대체 무엇을

○   굶주려 죽어가는 바싹 마른 아이를 바싹 마른 어른의 손이 일으키고 있습니다. 사진을 보는 순간 망막에 상처가 생긴 것처럼 아픕니다. 사진이 포함된 채 한 편의 시가 된 이 시에는 단 한 번의 종결어미가 나오지만 종결어미로서의 역할은 방기됩니다. '종결할 수 없는' 의문과 절규와 참회로 떠도는 미결의 언어들이 가시관처럼 날카롭게 심장을 파고듭니다. 한 장의 사진 앞에서 시인이 고통스럽게 질문하듯이, 한 편의 시를 앞에 놓고 우리는 고통스럽게 질문할 수밖에 없습니다. 우리의… 세계는… 과연 안녕합니까… 명백히 존재한다고 믿고 싶은… 우리의 신은… 과연 어디에… 신은… 사랑일까요… 그렇다면 신은… 이 망가진 세계를 어떻게 고치시려고… 날마다 더… 망가져가는 우리를… 신은 도대체 어떻게 하시려고… 두려운 의문이… 드는 순간들… 당신과 더불어… '나는 도대체 무엇을!'

시
그
리
고
이
야
기

백 년 동안의 세계대전

서효인

　평화는 전투적으로 지속되었다. 노르망디에서 시베리아를 지나 인천에 닿기까지, 당신은 얌전한 사람이었다. 검독수리가 보이면 아무 파티션에나 기어들어 둥글게 몸을 말았다. 포탄이 떨어지는 반동에 당신은 순한 사람이었다. 늘 10분 정도는 늦게 도착했고, 의무병은 가장 멀리에 있었다. 지혈하는 법을 스스로 깨치며 적혈구의 생김처럼 당신은 현명한 사람이었다. 전투는 강물처럼 이어진다. 통신병은 터지지 않는 전화를 들고 울상이고, 기다리는 팩스는 오지 않는다. 교각을 폭파하며 다리를 지나던 사람을 헤아리는 당신은 정확한 사람이다. 굉음에 움츠러드는 사지를 애써 달래며 수통에 눈물을 채우는 당신은 배운 사람이다. 금연 건물에서 모르핀을 허벅지에 찌르는 당신은 인내심 강한 사람이다. 허벅지 안쪽을 훔쳐보며 군가를 부르는 당신은 멋진 사람이다. 노래책을 뒤지며 모든 일을 망각하는 당신은 유머러스한 사람이다. 불침번처럼 불면증에 시달리는 당신은 사람이다. 명령을 기다리며 전쟁의 뒤를 두려워하는 당신은 사람이었다. 백 년이 지나 당신의 평화는 인간적으로, 계속될 것이다. 당신이 사람이라면.

ㅇ　세계대전이 백 년간이나 지속된다면? 헉! 이 무슨 끔찍한 상상이란 말입니까. 도대체 무슨 소릴 하는 거야, 싶은 마음으로 슬슬 시를 읽어나가 보세요. 시의 중반부에 접어들면 누군가 나를 관찰하고 있는 듯한 께름칙한 기분이 들지 않나요? 시의 후반부로 접어들수록 어째 기분이 점점 더 요상해집니다. 과거의 일로 이미 끝난 줄만 알았던 세계대전이 지금 우리의 일상 속에서도 계속되고 있는 것은 아닌가하는 의심이 강력하게 들기 시작하는! 문자를 통해 기묘한 3D체험을 하게 하는 흥미로운 시입니다. 어떤 전쟁광은 이렇게 말하더군요. 평화를 유지하기 위해 핵무기를 개발해야 한다고. 아닌 척하는 또 어떤 전쟁광은 이렇게도 말하더군요. 평화와 질서를 유지하기 위해 진압과 전쟁이 필요하다고. "당신은 사람이다" "당신은 사람이었다" "당신이 사람이라면" 등으로 섬세하게 변주되는 이 기발한 '사람학'의 문장들 앞에서 이따금 등골이 섬뜩해지는 것은, 그래도 아직 우리가 사람이기 때문일까요.

시
그
리
고
이
야
기

아홉 시의 랭보 씨

이용한

그러므로 밤이 깊었다

내가 사랑한 것은 12월의 어쩔 수 없는 목련이다

삶이 별건가, 발바닥이 밑바닥을 훑고 가는 것

이건 가슴이 아니라 심장이 말하는 소리다

말하자면 여긴 방랑의 서쪽이고,

낙타 한 점 같은 희미한 저녁이 오는 것이다

저녁의 모략은 향긋하다

기약 없이 나는 독한 가루약을 먹고 떠난다

너의 외로운 구멍을 만지던 손으로 나는 신발끈을 맨다

아무래도 좋다

오래도록 나의 삶은 권총과 여자가 흐르는 권태였다

두꺼비보다 한가롭게, 나는 도처에서 살았다*

한 움큼의 심장과 한 뼘의 혓바닥으로는

어떤 흥분도 전도할 수 없다

똑같은 별에서 40년을 굴러온 한 마리 몽상가는

마지막까지 혁명하지 못할 게 분명하다

그러니 천둥을 음악으로 바꾸려는 음모는 때려치워라

걷다가 나는 흩어질 것이므로

나보다 먼저 걸어간 제목은 순교해도 좋다

객사와 횡사의 행간은 아주 좁아서

어떤 낭독은 건조함 속에서 길을 잃는다

벌써 밤이 깊었고, 나는 아주 간략하다

길의 흉터는 자꾸만 발목으로부터 자란다

그것은 아물지 않고 곧장 '아프다'고 말하는 입술까지 올라온다

모래의 국경을 넘을 때마다

가방에 그득한 언덕과 미열이 들끓는다

구름의 망령은 무수하다

떠나고 보니 문득 나는 떠나고 싶어졌다

지금 나에게 필요한 건 구멍보다 담배

어쩌면 졸려서 은둔할지도 모른다 ──, 나는

저녁 아홉 시의 빗방울에 어깨를 맡길 것이다

여긴 심연의 북쪽이고, 밤하늘에 빛나는 별들은

그저 외롭고 헐렁한 모래일 뿐이다

그러니 여기가 어디냐고 묻지 마라

나는 목련의 자국을 따라왔고, 여기서

눈처럼 퍼붓는 사막의 잔별을 꾹꾹 눌러쓴다.

"12월의 어쩔 수 없는 목련" 때문에 여러 번 다시 읽게 되는 시입니다. 한 편의 시를 여러 번 읽을 때, 읽을 때마다 달라지는 마음의 무늬를 지켜보는 것은 시 읽기의 특별한 묘미이지요. "낙타 한 점 같은 희미한 저녁"에 퍼지는 향긋한 목련 냄새를 맡습니다. "걷다가 흩어지는" 것이 목련 그늘일 것이라는 생각이 들고, 목련이 자기의 이야기를 낭독하고 있다는 생각이 드는 봄밤. 작년의 12월이 혹시 이 봄밤 속에 들어있는 것 아닐까. 봄의 '나쁜 혈통'을 꽃피우기 위해 겨우내 사막을 걸어온 방랑자를 생각합니다. "심연의 북쪽"에서 헐렁한 모래 한 알과 입술을 벌린 목련 한 송이가 한숨을 쉬며 서로의 이야기를 주고받는 풍경을 상상합니다. 그러다 봄 하늘에 갑자기 눈처럼 퍼부어진 목련의 만개. 거꾸로 흐르는 봄의 핏물 속에서 누군가 초인종을 누릅니다. "12월의 어쩔 수 없는 목련"이 도착한 이 봄밤, 거리를 헤매는 '나쁜 혈통'의 방랑자들에게 이 시를 띄웁니다.

* 랭보, 「나쁜 혈통」 중에서.

시
그리고
이야기

껍데기는 가라

신동엽

껍데기는 가라.
사월도 알맹이만 남고
껍데기는 가라.

껍데기는 가라.
동학년 곰나루의, 그 아우성만 살고
껍데기는 가라.

그리하여, 다시
껍데기는 가라.
이곳에선, 두 가슴과 그곳까지 내논
아사달 아사녀가
중립의 초례청 앞에 서서
부끄럼 빛내며
맞절할지니

껍데기는 가라.
한라에서 백두까지

향그러운 흙가슴만 남고
그, 모오든 쇠붙이는 가라.

신동엽 시인 사후에 발간된 『신동엽 전집』 중 일부 내용이 긴급조치 9호에 걸려 한 달 만에 판매금지처분을 받았다는 이야기를 기억합니다. 전집의 수정증보판은 박정희 씨가 죽은 뒤에야 나올 수 있었다고 하지요.

오래 전부터 저는 신동엽 시인의 대표작 중 하나인 이 시를 멋진 낭송으로 듣고 싶었습니다. 최근 시들의 작법과는 한참 거리가 있는 이 '옛날 시'가 주는 감동을 새롭게 나누고 싶기 때문입니다. '진정성'이라는 말의 뭉클한 울림이 살아있는 이 시는 마치 음악이 우리의 영혼에 직접 영향을 끼치는 방식으로 다가옵니다. 에둘러가지 않고 영혼에 직접 울립니다. 어떤 아름다움은 이렇게도 오는 것입니다. 성큼성큼 건너오는 푸르디푸른 청년의 마음. 아, 잃지 말아야 할 이런 마음을 혹시 너무 많이 잃고 산 건 아닌지….

알다시피 이 시는 4.19 정신을 노래하고 있습니다. 역사적으로 갑오년의 농민전쟁과 연결되며 시인이 견뎌내야 했던 독재시절에 대한 항거와 연결되어 있습니다. 그러나 거기에서 끝이 아닙니다.

시인의 항거는 "두 가슴과 그곳까지 내 논/아사달 아사녀"의 순수한 사랑의 기운으로 승화합니다. 푸르른 청년의 서정은 마침내 "한라에서 백두까지/향그러운 흙가슴만 남고/그, 모오든 쇠붙이는 가라"는 시행에 이르러 눈물처럼 뜨겁게 터져나옵니다. 기교 없이 직접 거는 말이

꽃처럼 번집니다.

아, 진실로 진실로 그랬으면 좋겠습니다. 향그러운 흙가슴만 남고 잔인한 짓을 하는 그 모오든 쇠붙이들이 이 땅에서, 이 별에서, 모두 사라졌으면 좋겠습니다. 평화…라고 기어코 말해봅니다. 여전히 싸우고 있는 그대여 부디, 평화…!

시
그리고
이야기

강은교_1945년 함남 홍원에서 태어났으며, 1968년 《사상계》 신인문학상에 시「순례자의 잠」 등이 당선되어 작품활동 시작. 시집으로 『허무집』, 『풀잎』, 『빈자일기』, 『소리집』, 『벽속의 편지』, 『그대는 깊디깊은 강』, 『어느 별에서의 하루』, 『등불 하나가 걸어오네』, 『초록거미의 사랑』 등이 있음. 현대문학상, 정지용문학상 등을 수상함.

고정희_1948년 전남 해남에서 태어났으며, 1975년 《현대시학》에 시가 추천되어 작품활동 시작. 시집으로 『누가 홀로 술틀을 밟고 있는가』, 『실락원 기행』, 『초혼제』, 『이 시대의 아벨』, 『눈물꽃』, 『지리산의 봄』, 『저 무덤 위에 푸른 잔디』, 『광주의 눈물비』, 『여성 해방 출사표』, 『아름다운 사람 하나』 등이 있음. 1991년 6월 지리산에서 불의의 사고로 타계함.

고진하_강원 영월에서 태어났으며, 1987년 《세계의 문학》에 시를 발표하며 작품활동 시작. 시집으로 『지금 남은 자들의 골짜기엔』, 『프란체스코의 새들』, 『우주배꼽』, 『얼음수도원』, 『수탉』, 『거룩한 낭비』 등이 있고, 산문집으로 『영혼의 정원사』, 『신들의 나라, 인간의 땅: 고진하의 우파니샤드 기행』 등이 있음. 김달진문학상, 강원작가상을 수상함.

곽재구_1954년 광주에서 태어났으며, 1981년 중앙일보 신춘문예에 「사평역에서」가 당선되어 작품활동 시작. 시집 『사평역에서』, 『서울 세노야』, 『참 맑은 물살』, 『꽃보다 먼저 마음을 주었네』, 산문집 『포구기행』, 『예술기행: 내가 사랑한 사람 내가 사랑한 세상』, 『우리가 사랑한 1초들』, 동화집 『아기

참새 찌꾸』, 『낙타풀의 사랑』, 『세상에서 제일 맛있는 짜장면』 등이 있음. 신동엽 창작기금과 동서문학상 등을 수상함.

김근_1973년 전라북도 고창에서 태어났으며, 1998년 《문학동네》 신인상에 「이월」 외 4편의 시가 당선되어 작품활동 시작. 시집으로 『뱀소년의 외출』, 『구름극장에서 만나요』가 있음.

김남주_1946년 전남 해남에서 태어났으며, 1974년 《창작과비평》 여름호에서 「잿더미」 등을 발표하며 작품활동 시작. 1994년 2월 13일 작고함. 시집 『진혼가』, 『나의 칼 나의 피』, 『조국은 하나다』, 『솔직히 말하자』, 시선집 『사랑의 무기』가 있고 옮긴책으로 『자기의 땅에서 유배당한 자들』(프란츠 파농), 『아타 트롤』(하이네) 등이 있음.

김민정_1976년 인천에서 태어났으며, 1999년 《문예중앙》 신인문학상 시 부문에 「검은 나나의 꿈」 외 9편의 시가 당선되어 등단. 시집으로 『날으는 고슴도치 아가씨』, 『그녀가 처음, 느끼기 시작했다』가 있음. 박인환문학상을 수상함.

김소월_1902년 평북 구성 출생. 1915년 14세가 되었던 해에 정주 오산학교에 입학하면서 조만식 선생과 스승인 안서 김억 선생을 만남. 이때부터 본격적으로 시를 쓰며, 간간이 작품을 발표하기 시작. 그후 《창조》를 비롯한 여러 잡지에 「그리워」, 「진달래꽃」, 「금잔디」, 「엄마야 누나야」 등의 시를 발표해 문단의 주목을 받음. 1923년 동경상대에 입학하려 했으나 2차 세계대전으로 다시 고향으로 귀향, 술에 빠져 살다가 33세에 별세함.

김수영_1921년 서울에서 태어났으며, 1950년 북한군에게 끌려갔다가 탈출해 거제포로수용소에 수용되었고 1952년 석방됨. 박인환 등과 사화집 『새로운 도시와 시민들의 합창』을 펴냈고, 시집 『달나라의 장난』, 시선집 『거대한 뿌리』, 『사랑의 변주곡』, 『김수영 전집』, 산문집 『시여, 침을 뱉어라』 등이 있음.

김수영_1967년 마산에서 태어났으며, 1992년 조선일보 신춘문예 시가 당선되어 작품활동 시작. 시집으로 『로빈슨 크루소를 생각하며, 술을』, 『오랜 밤 이야기』가 있음.

김이듬_경남 진주에서 태어났으며, 2001년 《포에지》 가을호에 「욕조a에서 달리는 욕조A를 지나」 외 6편의 시를 발표하면서 작품활동 시작. 시집으로 『별 모양의 얼룩』, 『명랑하라 팜 파탈』, 『말할 수 없는 애인』이 있음.

김종삼_1921년 황해도 은율에서 태어났으며, 27세에 월남. 1953년 작품활동 시작. 시집으로 『십이음계』, 『시인학교』, 『누군가 나에게 물었다』, 시선집 『북치는 소년』 등이 있음.

김태정_1963년 서울에서 태어났으며, 1991년 《사상문예운동》에 「雨水」 외 6편의 시를 발표하면서 작품활동 시작. 시집 『물푸레나무를 생각하는 저녁』이 있음.

박노해_1957년 년 전남 함평에서 태어났으며, 1983년 『시와경제』에 「시다의 꿈」을 발표하며 등단. 시집 『노동의 새벽』, 『머리띠를 묶으며』, 『겨울이 꽃핀다』, 『참된 시작』 『그러니 그대 사라지진 말아라』 수필집 『사람만이 희망이다』, 『오늘은 다르게』 등이 있음.

박성룡_1932년 전남 해남에서 태어났으며, 1956년 《문학예술》에 「화병전경」 등이 추천되면서 작품활동 시작. 시집으로 『가을에 잃어버린 것들』,

『춘하추동』, 『동백꽃』, 『휘파람새』, 『꽃상여』, 『고향은 땅끝』 등이 있음. 현대문학상, 시문학상, 대한민국문학상 등을 수상함.

박성우_1971년 전북 정읍에서 태어났으며, 2000년 중앙일보 신춘문예에 시 「거미」가 당선되었고, 2006년 한국일보 신춘문예에 동시 「미역」이 당선되면서 작품활동 시작. 시집으로 『거미』, 『가뜬한 잠』, 청소년시집 『난 빨강』이 있음.

박용래_1925년 충남 논산 출생. 1955년 《현대문학》에 시 「가을의 노래」가 추천되어 등단. 시집으로 『싸락눈』, 『강아지풀』, 『백발의 꽃대궁』 등과 시전집 『먼 바다』가 있음.

백석_1912년 평북 정주 출생.. 본명은 백기행. 1935년 시 「정주성」을 발표하면서 등단. 1936년 첫 시집 『사슴』을 출간했고, 같은 해 조선일보사를 그만두고 함경남도 함흥에서 영생여자고등보통학교 교사로 재직함. 만주를 거쳐 안동, 신의주에 머물다가 해방이 되자 고향 정주로 돌아가 집필 활동에 매진함. 6.25 전쟁 후에도 북한에 남아 다양한 작품활동을 함. 1957년 동화시집 『집게네 네 형제』 발표.

서효인_1981년 전남 광주 출생. 2006년 《시인세계》로 등단. 시집으로 『소년 파르티잔 행동 지침』, 『백 년 동안의 세계대전』이 있음. 제30회 김수영 문학상을 수상함.

성기완_시인, 뮤지션. 1994년 《세계의 문학》 가을호로 등단. 시집 『쇼핑 갔다 오십니까?』, 『유리 이야기』, 『당신의 텍스트』 등과 산문집으로 『장밋빛 도살장 풍경』(2002)이 있음.

송경동_1967년 전남 벌교에서 출생. 2001년 《실천문학》을 통해 작품활동 시작. 시집으로 『꿀잠』, 『사소한 물음들에 답함』과 산문집 『꿈꾸는 자 잡혀간다』가 있음. 천상병시상, 신동엽창작상 등을 수상함.

신동엽_1930년 충남 부여 출생. 1959년 장시 「이야기하는 쟁기꾼의 대지」가 조선일보 신춘문예에 당선되어 등단. 지은 책으로 『아사녀』, 『금강』, 『신동엽 전집』, 『누가 하늘을 보았다 하는가』, 『꽃같이 그대 쓰러진』 등이 있음. 1969년 작고함.

신용목_1974년 경남 거창에서 태어났으며, 2000년 《작가세계》 신인상에 당선되어 작품활동 시작. 시집으로 『그 바람을 다 걸어야 한다』, 『바람의 백만 번째 어금니』가 있음.

신해욱_1974년 춘천 출생. 1998년 세계일보 신춘문예를 통해 등단. 시집으로 『간결한 배치』, 『생물성』이 있음.

안현미_1972년 강원도 태백 출생. 2001년 계간 《문학동네》로 등단. 시집으로 『곰곰』, 『이별의 재구성』이 있음.

엄원태_1955년 대구에서 태어났으며, 1990년 《문학과사회》에 「나무는 왜 죽어서도 쓰러지지 않는가」 외 4편을 발표하면서 작품활동 시작. 시집으로 『침엽수림에서』, 『소읍에 대한 보고』 등이 있음. 김달진문학상 등을 수상함.

오규원_1941년 경남 밀양 출생. 1965년 《현대문학》에 「겨울 나그네」가 초회 추천되고, 1968년 「몇 개의 현상」이 추천 완료되어 등단. 시집으로 『분명한 사건』, 『순례』, 『사랑의 기교』, 『왕자가 아닌 한 아이에게』, 『이 땅에 씌어지는 서정시』, 『가끔은 주목받는 생이고 싶다』, 『사랑의 감옥』, 『길, 골목, 호텔 그리고 강물소리』, 『새와 나무와 새똥 그리고 돌멩이』, 『두두』 등이 있고, 시론집으로 『현실과 극기』, 『언어와 삶』, 『날이미지와 시』, 『현대시작법』 등이 있음. 현대문학상, 연암문학상, 이산문학상, 대한민국예술상 등을 수상함. 2007년 2월 작고함.

오장환_ 1918년 충북 회인에서 태어났으며, 〈낭만〉, 〈시인부락〉, 〈자오선〉 등의 동인으로 활동함. 광복 후 '조선문학가동맹'에 가담하여 활동하다 월북. 시집으로 『성벽』, 『헌사』, 『병든 서울』, 『나 사는 곳』, 『붉은 깃발』 등이 있음.

윤동주_ 1917년 만주 북간도 출생. 일제 말기를 대표하는 시인. 1935년 평양 숭실중학교에 편입하고 교내 문예부에서 펴내는 잡지에 시 「공상」을 발표함. 「공상」은 그의 작품 가운데 처음으로 활자화됨. 1936년 숭실중학교가 신사참배 거부로 폐교당하자 용정으로 돌아가 광명학원 4학년에 편입했으며, 옌지〔延吉〕에서 발행하던 《가톨릭 소년》에 윤동주(尹童柱)라는 필명으로 동시를 발표. 1941년 연희전문학교를 졸업할 때, 졸업 기념으로 19편의 자작시를 모아 『하늘과 바람과 별과 시』를 출판하려 했으나 뜻을 이루지 못하고 자필시집 3부를 남김. 1942년 도쿄〔東京〕에 있는 릿쿄대학〔立敎大學〕 영문과에 입학했다가 1학기를 마치고 교토〔京都〕에 있는 도시샤대학〔同志社大學〕 영문과에 편입. 1943년 7월 독립운동 혐의로 일본경찰에 검거되어 후쿠오카 형무소에 수감되었다가 1945년 2월 16일 29세의 젊은 나이로 옥사함. 유해는 용정의 동산교회 묘지에 묻혀있음. 작고 후 유고시집 『하늘과 바람과 별과 詩』가 발간됨.

이기인_ 1967년 인천 출생. 2000년 경향신문 신춘문예로 등단. 시집으로 『알쏭달쏭 소녀백과사전』, 『어깨 위로 떨어지는 편지』가 있음.

이성부_ 1942년 광주에서 태어났으며, 1962년 《현대문학》에 「백주」, 「열차」

가 추천되어 작품활동 시작. 시집으로 『이성부 시집』, 『우리들의 양식』, 『백제행』, 『전야』, 『빈 산 뒤에 두고』, 『야간 산행』 등이 있음. 현대문학상, 공초문학상 등을 수상함.

이승하_1960년 경북 김천 출생. 1984년 중앙일보 신춘문예에 시「화가 뭉크와 함께」가 당선되어 등단. 1989 경향신문 신춘문예에 소설「비망록」당선. 시집으로 『사랑의 탐구』, 『우리들의 유토피아』, 『욥의 슬픔을 아시나요』, 『폭력과 광기의 나날』, 『박수를 찾아서』 등이 있음.

이영주_1974년 서울 출생. 2000년 《문학동네》 신인상으로 등단. 시집 『108번째 사내』, 『언니에게』가 있음. 현재 〈불편〉 동인으로 활동 중.

이용한_1995년 《실천문학》 신인상을 수상하며 등단. 시집 『안녕, 후두둑 씨』, 『정신은 아프다』, 고양이 에세이 『명랑하라 고양이』, 『안녕, 고양이는 고마웠어요』, 여행 에세이 『물고기 여인숙』, 『하늘에서 가장 가까운 길』, 『바람의 여행자』 등을 펴냄.

이장욱_1968년 서울 출생. 1994년 《현대문학》 시 부문 신인상에 당선되었고, 2005년 장편소설 『칼로의 유쾌한 악마들』로 제3회 문학수첩작가상을 수상하며 소설가로도 작품활동 시작. 시집으로 『내 잠 속의 모래산』, 『정오의 희망곡』, 『생년월일』, 소설집으로 『고백의 제왕』, 평론집으로 『혁명과 모더니즘』, 『나의 우울한 모던 보어 – 이장욱의 현대시 읽기』 등이 있음.

이재훈_1972년 강원 영월에서 태어났으며, 1998년 《현대시》 신인상을 수상하며 작품활동 시작. 시집 『내 최초의 말이 사는 부족에 관한 보고서』, 『명왕성 되다』가 있음.

이진명_1955년 서울에서 출생. 1990년 《작가세계》에 「저녁을 위하여」 외
7편의 시를 발표하며 작품활동 시작. 시집으로 『밤에 용서라는 말을 들었
다』, 『집에 돌아갈 날짜를 세어보다』, 『단 한 사람』, 『세워진 사람』이 있음.
서정시학 작품상을 수상함.

이하석_1948년 경북 고령에서 태어났으며, 1971년 《현대시학》 추천으로 작
품활동 시작. 시집으로 『투명한 속』, 『김씨의 옆얼굴』, 『우리 낯선 사람들』,
『측백나무 울타리』, 『금요일엔 먼데를 본다』, 『녹』, 『고령을 그리다』, 『것들』,
『상응』 등이 있음.

이홍섭_1965년 강원도 강릉에서 태어났으며, 1990년 《현대시세계》를 통
해 작품활동 시작. 시집 『강릉, 프라하, 함흥』, 『숨결』, 『가도 가도 서쪽인 당
신』, 『터미널』과 산문집 『곱게 싼 인연』이 있음.

장이지_1976년 전남 고흥에서 출생. 2000년 《현대문학》 신인추천으로 작
품활동 시작. 시집으로 『안국동울음상점』, 『연꽃의 입술』과 연구서로 『한국
초현실주의 시의 계보』가 있음.

장정일_1962년 경북 달성에서 태어났으며, 1984년 무크 《언어의 세계》 3집
에 「강정 간다」 외 4편의 시를 발표하면서 작품활동 시작. 시집으로 『햄버거
에 대한 명상』, 『길안에서의 택시잡기』 등이 있으며, 희곡집 『긴 여행』, 『고
르비 전당포』, 소설 『아담이 눈뜰 때』, 『너에게 나를 보낸다』, 『내게 거짓말
을 해봐』, 『너희가 재즈를 믿느냐』, 『보트하우스』, 『구월의 이틀』 등이 있음.
김수영문학상을 수상함.

정재학_1974년 서울에서 태어났으며, 1996년 《작가세계》를 통해 작품활동
시작. 시집 『어머니가 촛불로 밥을 지으신다』, 『광대소녀의 거꾸로 도는 지

구』가 있음. 박인환문학상을 수상함.

정희성_1945년 경남 창원에서 태어났으며, 1970년 동아일보 신춘문예에 당선되어 작품활동 시작. 시집으로 『답청』, 『저문 강에 삽을 씻고』, 『한 그리움이 다른 그리움에게』, 『시를 찾아서』, 『돌아보면 문득』 등이 있음.

조동범_1970년 경기도 안양 출생. 2002년 문학동네 신인상에 「그리운 남극」 등 5편의 시가 당선되어 등단. 시집으로 『심야 배스킨라빈스 살인사건』, 『카니발』, 산문집 『나는 속도에 탐닉한다』, 문학평론집 『디아스포라의 고백들』 등이 있음.

조용미_1962년 경북 고령에서 태어났으며, 1990년 《한길문학》에 시를 발표하며 작품활동 시작. 시집 『불안은 영혼을 잠식한다』, 『일만마리 물고기가 산을 날아오른다』, 『삼베옷을 입은 자화상』, 『나의 별서에 핀 앵두나무는』, 『기억의 행성』 등이 있음. 김달진문학상 등을 수상함.

차창룡_1966년 전남 곡성에서 태어났으며, 1989년 《문학과사회》에 시를 발표하고, 1994년 세계일보 신춘문예에 문학평론이 당선되어 작품활동 시작. 시집으로 『해가 지지 않는 쟁기질』, 『미리 이별을 노래하다』, 『나무 물고기』, 『고시원은 괜찮아요』, 『벼랑 위의 사랑』이 있음. 김수영문학상을 수상함. 2010년 봄 출가해 새로운 세계에서 구도정진 중.

천상병_1930년 경남 창원에서 태어났으며, 1949년 마산중학교 5학년 재학 중 담임교사이던 김춘수 시인의 주선으로 시 「강물」이 《문예》에 추천되어 작품활동 시작. 시집 『새』, 『귀천』, 『주막에서』, 『천상병은 천상 시인이다』, 『저승가는 데도 여비가 든다면』, 『요놈! 요놈! 요 이쁜 놈!』, 동화집 『나는 할아버지다. 요놈들아』 등이 있음. 작고 후 유고시집 『나 하늘로 돌아가네』,

『천상병 전집』 등이 발간됨.

최승자_1952년 충남 연기에서 태어났으며, 계간 《문학과 지성》에 시를 발표하며 작품활동 시작. 시집으로 『이 시대의 사랑』, 『즐거운 일기』, 『기억의 집』, 『내 무덤 푸르고』, 『연인들』, 『쓸쓸해서 머나먼』 등이 있음.

최영미_1961년 서울 출생. 시집 『서른, 잔치는 끝났다』, 『꿈의 페달을 밟고』, 『돼지들에게』, 『도착하지 않은 삶』, 장편소설 『흉터와 무늬』, 산문집 『시대의 우울: 최영미의 유럽일기』, 『우연히 내 일기를 엿보게 될 사람에게』, 『화가의 우연한 시선』, 『길을 잃어야 진짜 여행이다』 등을 출간함. 이수문학상 수상.

최정례_1955년 경기도 화성 출생. 1990년 《현대시학》으로 등단. 시집으로 『내 귓속의 장대나무숲』, 『햇빛 속에 호랑이』, 『붉은 밭』, 『레바논 감정』, 『캥거루는 캥거루고 나는 나인데』 등이 있음. 현대문학상, 김달진 문학상 등을 수상함.

한용운_1879년 충청남도 홍성 출생. 승려, 시인, 독립운동가. 용운(龍雲)은 법명이며, 만해(萬海)는 법호. 서당에서 한학을 익혔으며 16세경에 고향을 떠나 설악산 오세암에 입산. 그 뒤 1905년 백담사에서 연곡(連谷)을 스승으로 하여 득도의 경지에 이르렀으며 계를 받아 승려가 됨. 『불교대전』과 『조선불교유신론』을 편찬하여 한국 근대 불교의 혁신운동을 펼쳤으며, 1919년 3.1운동 때 민족대표 33인의 한 사람으로 참가하여 일제강점기 동안 독립운동가로 활동. 1926년에 한국 근대시의 기념비적인 작품 『님의 침묵』을 발표함.

함성호_1963년 강원도 속초에서 태어났으며, 1990년 《문학과사회》 여름호에 시를 발표하면서 작품활동 시작. 시집 『56억 7천만 년의 고독』, 『꽃 타즈마할』, 『너무 아름다운 병』 등이 있고 산문집으로 『허무의 기록』 등이 있음. 현대시작품상을 수상함.

황학주_1954년 전남 광주에서 태어났으며, 1987년 시집 『사람』으로 작품활동 시작. 시집으로 『내가 드디어 하나님보다』, 『갈 수 없는 쓸쓸함』, 『늦게 가는 것으로 길을 삼는다』, 『너무나 얇은 생의 담요』, 『루시』, 『저녁의 연인들』, 『노랑꼬리 연』 등이 있음. 아프리카민간구호단체 '피스프렌드'의 대표.

이하석, 「깊이에 대하여」 – 『상응』(서정시학) 2011

황학주, 「어느 목수의 집 짓는 이야기」 –『노랑꼬리 연』(서정시학) 2010

차창룡, 「고시원에서」 – 『고시원은 괜찮아요』(창비) 2008

김이듬, 「서머타임」 – 『명랑하라 팜 파탈』(문학과지성사) 2007

김근, 「구름극장에서 만나요」 – 『구름극장에서 만나요』(창비) 2008

김수영, 「오래된 여행가방」 – 『오랜 밤 이야기』(창비) 2000

이재훈, 「재킷을 입은 시인」 – 『명왕성 되다』(민음사) 2011

박성우, 「소금창고」 – 『가뜬한 잠』(창비) 2007

이홍섭, 「심봤다」 – 『터미널』(문학동네) 2011

이영주, 「저무는 사람」 – 『언니에게』(민음사) 2010

신해욱, 「빛」 – 『생물성』(문학과지성사) 2009

성기완, 「ㄹ」 – 문학과지성사 2009년 가을호

이장욱, 「토르소」 – 『생년월일』(창비) 2011

안현미, 「거짓말을 타전하다」 – 『곰곰』(문예중앙) 2011

엄원태, 「전도섭」 – 『물방울 무덤』(창비) 2007

최승자, 「내게 새를 가르쳐 주시겠어요?」 – 『즐거운 일기』(문학과지성사) 1984

강은교, 「사랑법」 – 『풀잎』(민음사) 1974

장정일, 「사철나무 그늘 아래 쉴 때는」 – 『햄버거에 대한 명상』(민음사) 1987

김민정, 「피해라는 이름의 해피」 – 『그녀가 처음, 느끼기 시작했다』(문학과지성사) 2009

김태정, 「물푸레나무」 – 『물푸레나무를 생각하는 저녁』(창비) 2004

조용미, 「가을밤」 - 『기억의 행성』(문지) 2011

함성호, 「너무 아름다운 병」 - 『너무 아름다운 병』(문학과지성사) 2001

최정례, 「그녀의 입술은 따스하고 당신의 것은 차거든」 - 『레바논 감정』(문학과지성사) 2006

백석, 「나와 나타샤와 흰 당나귀」 - 『백석시전집(白石詩全集)』(창비) 1987

최영미, 「선운사에서」 - 『서른, 잔치는 끝났다』(창비) 1994

김소월, 「가는 길」 - 『진달래꽃』(미래사) 1991

한용운, 「알 수 없어요」 - 『님의 침묵』(미래사) 1991

박노해, 「꼬막」 - 『그러니 그대 사라지지 말아라』(느린 걸음) 2010

정희성, 「민지의 꽃」 - 『시를 찾아서』(창비) 2001

박성룡, 「교외(郊外)」 - 『풀잎』(창비) 1998

고진하, 「닭의 하안거(夏安居)」 - 『거룩한 낭비』(뿔) 2011

김남주, 「추석 무렵」 - 『나와 함께 모든 노래가 사라진다면』(창비) 1995

곽재구, 「새벽편지」 - 『전장포 아리랑』(민음사) 1985

이성부, 「벼」 - 『우리들의 양식』(민음사) 1974

천상병, 「새」 - 『천상병 전집』(평민사) 2007

박용래, 「월훈」 - 『먼 바다』(창비) 1984

오규원, 「겨울숲을 바라보며」 - 『왕자가 아닌 한 아이에게』(문학과지성사) 1978

장이지, 「서정의 장소」 - 『연꽃의 입술』(문학동네) 2011

고정희, 「히브리전서(傳書)」 - 『이 時代의 아벨』(문학과지성사) 1983

신용목, 「아파트인」 - 『그 바람을 다 걸어야 한다』(문학과지성사) 2004

오장환, 「양」 - 『오장환 전집』(실천문학사) 2002

김종삼, 「누군가 나에게 물었다」 - 『누군가 나에게 물었다』(민음사) 1982

김수영, 「어느날 고궁을 나오면서」 - 『김수영 전집』(민음사) 1981

정재학, 「어머니가 촛불로 밥을 지으신다」 - 『어머니가 촛불로 밥을 지으신다』(민음사) 2004

이기인, 「소녀의 꽃무늬 혁명」 - 『어깨 위로 떨어지는 편지』(창비) 2010

조동범, 「검은 TV와 신문의 날들」 - 『카니발』(문학동네) 2011

송경동, 「무허가」 - 『사소한 물음들에 답함』(창비) 2009

이진명, 「눈물 머금은 신이 우리를 바라보신다」 - 『세워진 사람』(창비) 2008

윤동주, 「쉽게 씌어진 시」 - 『하늘과 바람과 별과 시』(미래사) 1991

이승하, 「이 사진 앞에서」 - 『공포와 전율의 나날』(문학의전당) 2009

서효인, 「백 년 동안의 세계대전」 - 『백 년 동안의 세계대전』(민음사) 2011

이용한, 「아홉 시의 랭보 씨」 - 《현대시》 2008년 2월호

신동엽, 「껍데기는 가라」 - 『누가 하늘을 보았다 하는가』(창비) 1979

*이 책의 시 원문은 '작품 출전'에 따랐으며, 일부 작품은 시인이 수정한 것을 반영했습니다.